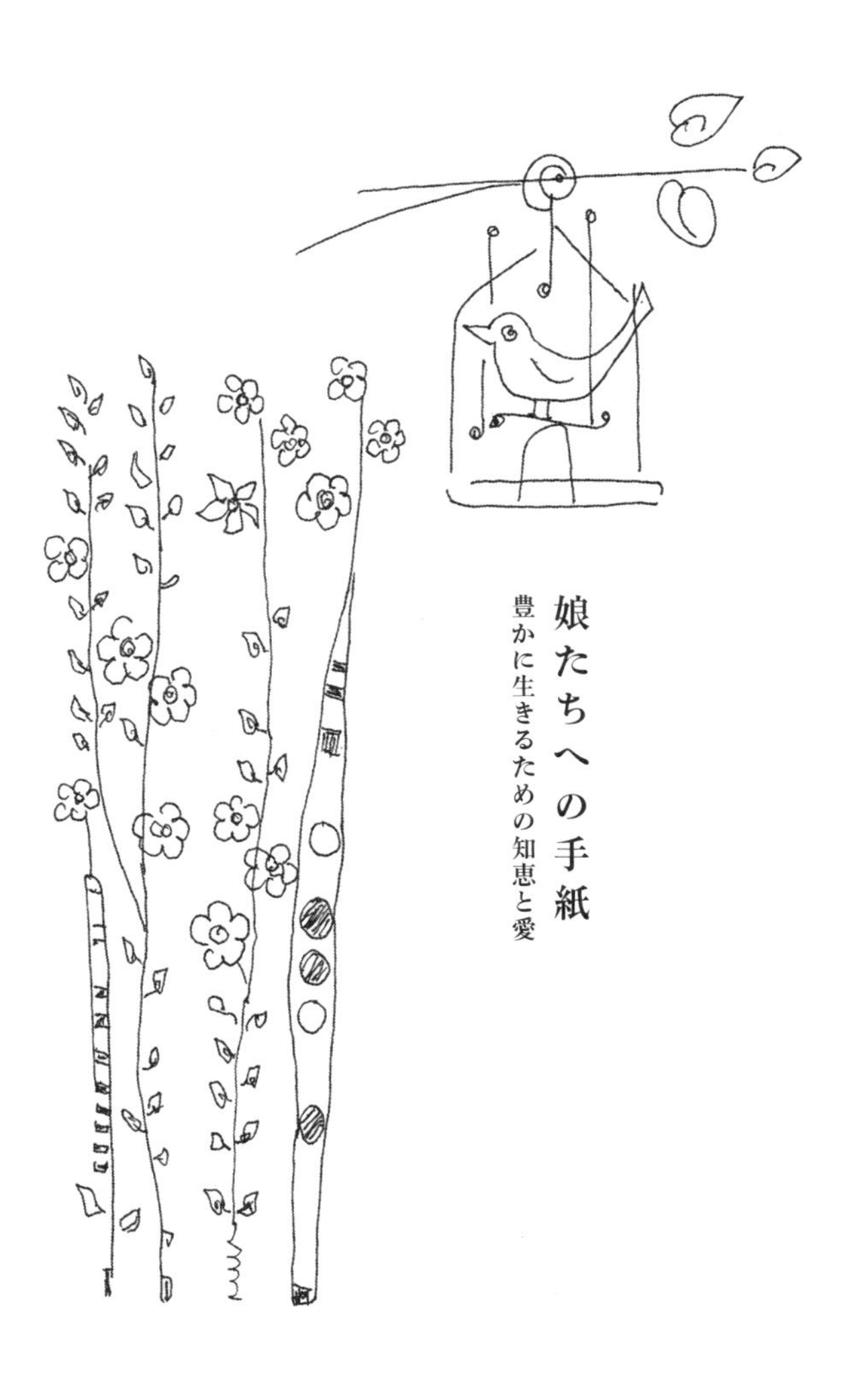

娘たちへの手紙

豊かに生きるための知恵と愛

LETTER TO MY DAUGHTER

by Maya Angelou

This translation published by arrangement with
Random House, an imprint and division of Penguin Random House LLC
through The English Agency (Japan) Ltd.

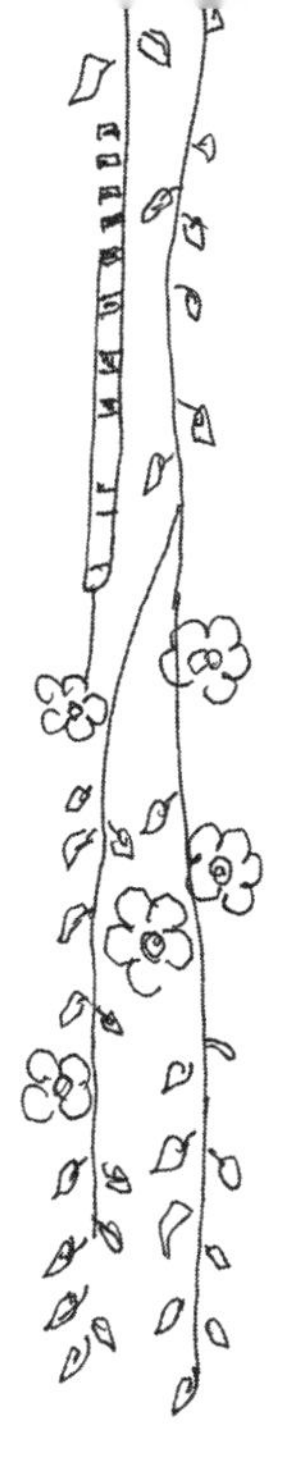

暗い日も明るい日も、わたしの母となってくれた
次の女性たちに感謝を。

アニー・ヘンダーソン
ビビアン・バクスター
フランシス・ウィリアムズ
バーディス・ボールドウィン
アーミシャー・グレン

いまもなお、わたしを娘でいさせてくれる女性
ドロシー・ハイト博士にも感謝を。

さらに、わたしのもとには生まれなかったけれど、
わたしを母でいさせてくれる次の女性たちにも感謝を捧げる。

オプラ・ウィンフリー
ローザ・ジョンソン・バトラー
リディア・スタッキー
ゲイル・B・キング
バレリー・シンプソン
ステファニー・フロイド・ジョンソン
ディンキー・ウェーバー
ブレンダ・クリスプ
ベティ・クレイ
アラバ・バーナスコ
フランシス・ベリー
パトリシア・ケイシー

もくじ

イラスト：レザ・ラハバ

愛する娘たちへ

わたしはずっと、自分が学んだいくつかの教訓と、それを学んだときにどういう状況だったかを、あなたに伝えたいと思っていました。でも、この手紙をまとめるまでには、驚くほど時間がかかりました。

人生はひたむきに生きる者を愛する——そう信じているわたしは、長い人生のあいだに思いきってたくさんのことに挑戦してきました。ときに震えながら、それでも勇気を出して。

この手紙には、あなたの役に立つと思った出来事と知恵だけを書いています。わかったことをどう使ったかは語っていません。あなたは聡明で創造力があって機転もきくから、使い方は自分で考えられるでしょう。

ここに書いたのは、成長の物語、予想もしなかった緊急事態、数篇の詩、笑っちゃうような気楽な話、そして深く考えさせられる話です。

わたしの人生には、善意を示し、貴重な知恵を授けてくれた人たちがいました。悪意を示し、この世界は愉しくて楽なことばかりじゃないと思い知らせてくれた人たちもいました。

わたしだって、これまでたくさんまちがいをしてきた（死ぬまでにはもっとまちがうでしょう）。でも、そのおかげで、わたしのせいで誰かが痛みや不満を覚えたときには、責任を認め、自分を赦（ゆる）したうえで、傷ついた人に謝ることを学びました。過去をなかったことにはできないし、神に捧げられるのは悔い改める気持ちだけ。だから、心からの謝罪が受け入れられていることを願っています。

あなたに起きるすべての出来事をコントロールするのは無理かもしれません。だけど、そのことで自分の価値を下げたりしないと決意することはできます。

誰かの心の雲にかかる虹になる努力をしましょう。

愚痴はほどほどにしましょう。

好きじゃないことは全力で変えていきましょう。

変えられないなら、これまでの考え方を変えてみればいい。そうすれば、新しい解決策が見つかるかもしれないわよ。

泣きごとを言ってはだめ。獣に獲物がいることを知らせてしまうから。

人類にとってすばらしいことをしないまま死なないで。ぜったいにね。

わたしは子どもをひとり産みました――息子です。でも、わたしには無数の娘たちがいます。娘のあなたは黒人、白人、ユダヤ人、イスラム教徒、アジア人、スペイン語を話す人、ネイティブ・アメリカン、あるいはアリューシャン列島のアレウト族かもしれません。ぽっちゃりな人、ほっそりな人、きれいな人、地味な人もいれば、同性愛者、ストレート、教養人、無学な人もいるでしょう。

わたしはそのみんなに語りかけたいのです。

この手紙は、わたしからあなたへの贈り物です。

1 通目

本当の居場所

わたしはミズーリ州セント・ルイスで生まれ、三歳からはアーカンソー州スタンプスで育ちました。父方の祖母であるアニー・ヘンダーソン、父の弟のウィリーおじ、そしてわたしのたったひとりのきょうだいである兄ベイリーとともに。一三歳のとき、母のいるサンフランシスコへ移り、やがてニューヨーク市で学びました。その後の人生では、パリ、カイロ、西アフリカ、アメリカ各地にも住みました。

これらはみんな事実です。でも、子どもにとっての事実は、暗記することばにすぎません。「ぼくはジョニー・トマス。住所はセンター・ストリート二二〇番地」。すべて事実だけれど、ジョニーにとっての真実にはほど遠いはずです。

わたしはスタンプスで、つねに「屈服」と闘っていました。まず、毎日会う大人たちへの屈服。みんな黒人で、とても体が大きかった。それから、黒人は白人に劣るという考え。これにもいつだって抵抗していた。白人たちにはめったに会

わなかったけれど。

　理由はよくわからないものの、わたしは昔から、誰かと比べて自分が劣っているとは思わなかったのです――おそらく兄を除いて。自分も賢いけれど、兄のべイリーはもっと賢い、わたしはずっとそう思っていました。本人からしょっちゅうそう聞かされていたからでしょう。兄は「ぼくはたぶん世界一賢い」とまで言っていた。わずか九歳でその結論に達していたの。

　アメリカの南部全体、とりわけスタンプスでは、何百年ものあいだ、黒人だというだけで、たとえ体の大きな大人でも、子ども以下に格下げされてきました。貧しい白人の子どもたちも、立派な年上の黒人を下の名前で呼んだり、あだ名で呼んだりすることが許されていたのです。

　ノースカロライナ州出身の作家トマス・ウルフは、その昔、アメリカが誇る偉大な小説を書き、『汝再び故郷に帰れず』（荒地出版社）というタイトルをつけました。わたしはこの小説を楽しく読んだけれど、タイトルにはどうしても賛同できないでいます。故郷を離れることはけっしてできない、と信じているからです。

　人はずっと、故郷の影や、夢や怖れ、猛々しい獣を抱いて生きる――皮膚の下に、目の端に、もしかすると耳たぶの固いところに。わたしはそう思うのです。

故郷とは、若い日々をすごした世界のこと。そこで本当の意味で生きているのは子どもだけ。両親や兄弟姉妹、近所の人は、子どものまわりを往ったり来たりして、奇妙で計り知れないことをする謎めいた幻影にすぎません。子どもだけが、その世界に住む権利を与えられた住人です。

とすれば、小さな観察者にとって、それがどこかはほとんど意味をなさないでしょう。アメリカ南西部で育てば、砂漠と広々とした空があるのが当然だし、ニューヨークであれば、エレベーターや地下鉄の騒音、数えきれない人々がいて当然。フロリダ州の南東部だったら、ヤシの木と太陽とビーチが、これまでも、これからも子どもたちの外界でありつづけるでしょう。子どもに環境をコントロールする力はないのだから、その子は自分自身の場所を、自分だけが住みほかの誰も入れない世界を、見つけなければなりません。

わたしは、ほとんどの人は大人にならないと確信しています。たしかに、わたしたちは駐車場に車を入れ、クレジットカードで支払いをする。結婚し、不敵にも子をもうけ、それを「大人になる（グロー・アップ）」と呼ぶ。でも、そういうのはほとんどがたんに「歳をとる（グロー・オールド）」なんじゃないかしら。わたしたちは体と顔に歳月を積み重ねていくけれど、本当の自分はたいてい子どものままで、いまでもマグノリアの花のように無垢(むく)ではにかみ屋です。

わたしたちは大人として、世慣れた態度で品よくふるまうかもしれません。でも、いちばん安心するのは、自分の心のなかに故郷を見つけたときなのです。

故郷とは、わたしたちのよりどころ。

わたしたちの本当の居場所は、故郷だけなのかもしれないわね。

2 通目

博愛主義と思いやり

心の広い人に何かを贈ると、すでに充分献身的な聖歌隊に神の教えを熱心に説く説教師のような気分になります。でも、聖歌隊だってときには感謝されてうれしくなることが必要でしょ？　だから、ここで讃えておきましょう。この先何度も、いっそう心をこめて歌えるように。

この国のさまざまな組織は、寄付をする人々のおかげで活動を続けています。米国がん協会、赤十字、救世軍、グッドウィル・インダストリーズ〔訳注：寄付品を売った収益で職業訓練などをおこなう慈善団体〕、鎌状赤血球症協会、米国ユダヤ人協会、全米有色人種地位向上協会（NAACP）、都市同盟……リストはまだまだ続きます。教会の財団、ユダヤ教会堂のプログラム、イスラム教寺院の協会、仏教の寺院や団体や代表者たち、市や社会のクラブ……。

なかでも、もっとも多額の寄付をするのは博愛主義者(フィランソロピスト)でしょう。

博愛主義(フィランソロピー)ということばは、ギリシャ語のフィロ（〜を愛する人）とアンソロ

（人類）の二語から来ています。つまり、フィランソロピストとは、人類を愛する人。彼らが巨額の資金で支えてくれるおかげで、各種の団体がすぐれた医療や教育を社会に提供することができます。彼らはまた、さまざまなアートも支えています。博愛主義の話が出ると、人はみな微笑み、気前のいい匿名の誰かから思いがけない大金を受け取ったことに感動します。博愛主義者たちはたいてい、委員会や代表団に代理を務めてもらうので、寄付を受け取る相手とじかには顔を合わせません。

世の中には、そういう博愛主義者になりたい人もいます。でも、わたしはちがいます。わたしは、どちらかというと思いやり（チャリタブル）がある人間になりたいのです。

思いやりのある人たちは、「わたしは必要以上に持っていて、あなたは必要以下しか持っていないようだから、余ったぶんをあなたと分け合いたい」と考えます。「余っている」のは目に見えるお金や物とはかぎりませんよ。目に見えないものでもいいのです。身振りやことばで思いやりを示すだけでも、人はとても喜ぶし、傷ついた心は癒えますから。

わたしを育ててくれた父方の祖母は、世界のとらえ方や、そのなかでの自分の位置づけについて、ものすごく大きな影響をわたしに与えてくれました。気高さを絵に描いたような人で、いつも腰のうしろで両手の指を組み、静かに話してゆっくり歩いていた。見事にそのまねをしたわたしを、近所の人たちは祖母の影と呼んだものです。「シスター・ヘンダーソン、また影ができてるよ」って。

そう言われると、祖母はわたしを見て微笑みました。「ああ、そのとおりだね。わたしが止まると、この子も止まる。わたしが歩くと、この子も歩く」

でも、わたしが一三歳になると、祖母はわたしをカリフォルニアの母のところへ連れていき、すぐにひとりでアーカンソーに引き返しました。

カリフォルニアの家は、アーカンソーの懐かしい小さな家とは別世界でした。母はストレートに矯正(きょうせい)した髪をきりっとスタイリッシュなボブにしていました。わたしは自然に伸ばした髪を三つ編みでした。祖母は女性の髪にパーマをあてるべきではないと考えていたので。

祖母はラジオをつけ、ニュースや宗教音楽、『ギャング・バスターズ』〔訳注：現実の事件を題材にして犯罪捜査を描いた連続ラジオ番組〕や西部劇の『ローン・レンジャー』を聞いていたけれど、母は口紅とチークを塗り、レコードプレーヤーで大音量のブルースやジャズを聴いた。家には人がたくさん訪ねてきて、みんなたくさん笑って大声で話していました。わたしは明らかに浮いていました。俗っぽい雰囲気のなかで、ひとり背中で両手を組み、きつく編んだ髪をうしろでひっつめて、クリスチャン・ソングを口ずさみながら歩いていたのですから。

母はそんなわたしを二週間ほど観察したあと、わたしと〝腰をおろしてじっくり〟話し合いました。そうした話し合いは、それ以降、何度もしました。

母は言いました。「マヤ、あなたはわたしがおばあちゃんみたいじゃないから不満なんでしょ。そのとおり。たしかに、おばあちゃんとはちがうわ。でも、わたしはあなたの母さんなの。身を粉にして働いて、あなたにいい服を買って、ちゃんとした食事をさせて、雨風をしのげる家を与えてる。学校に行ったら、先生はあなたに微笑みかけ、あなたも笑みを返すでしょう？　知らない生徒に微笑まれても、あなたは笑みを向けてる。いい、考えてみて。わたしはあなたの母さんなの。これからあなたにしてほしいことを言うわよ。知らない人に無理に一回微笑む力があるなら、わたしにやってみて。すごく喜ぶから。約束する」

それから母は片手でわたしの頬に触れてニコッとした。「さあ、いい子だから、母さんに笑って。ほら」

母がおかしな顔をするものだから、わたしはつい微笑んでしまいました。それを見て、母はわたしの唇にキスをして、泣きだしたのでした。

「笑ってるところを見たの初めてよ。すてきな笑顔ね。母さんのすてきな娘は微笑むことができる」

それまで、誰かにすてきだと言われたことは一度もありませんでした。憶えているかぎり、わたしを娘と呼んだ人もいませんでした。

あの日わたしは、微笑むだけで相手に何かを贈れることを学んだのです。さらにその後の歳月で、親切なことばや支援の申し出が、思いやりあふれる贈り物になることも学びました。脇へどいて、誰かのためにただ場所を空けるのでもいい。みんなが喜ぶなら音楽のボリュームを上げ、うるさければ下げるだけでもいいのだと。

たぶん、わたしは世の人々にとって博愛主義者ではないでしょう。でも、人間を愛していることはたしかです。手元にあるもので援助は惜しみません。

だから、わたしは喜んで、自分を「思いやりがある」と表現したいのです。

3通目

お告げ

あれは神の啓示の日だったのでしょう。そう、預言者ヨハネが伝えた啓示の日。あのころは、大地は激しく震え、その黒い腹のなかを地下鉄が轟音をたてて走っていました。自家用車、タクシー、バス、列車、トラック、配送車、ミキサー車、台車、自転車、ローラースケートが、警笛やうなり、咆哮、落下音、叫び、笛の音で大気を満たし、その大気は腐ったグレイビーソースのようにドロドロと濁っていたものです。そこへ、ありとあらゆる言語を話す人たちが、いたるところからやってきて、世界の終わりと始まりを見届けようとしていました。

わたしはあの日の巨大さを忘れたくて、フィルモア・ストリートにある安物雑貨店に入りました。だだっ広いその店では、プラスチックの陳列台に夢を吊るして売っていました。この店の通路は幾度となく往き来していたので、わたしはその引き寄せられるような魔法を知っていました。厚紙の胸にかかったナイロンのスリップ。化粧品カウンターの口紅とマニキュアは、虹の木から落ちたピンク、赤、緑、青の果実色でした。

それが町のすべてで、当時のわたしは一六歳。夜明けのようにまっさらでした。

あの日は、ものすごく意味を持っていたから、ほとんど息もできなかった。

通りの先に住む男の子に、仲よくしようと何度も誘われたけれど、何カ月も断りつづけていたのです。彼はボーイフレンドではないし、デートすらしていなかったから。

わたしが自分の体の裏切りに気づいたのも、ちょうどそのころでした。声は低くハスキーになり、裸になって鏡を見ても、曲線を描く女らしい体つきになる兆候はなし。身長はすでに一八〇センチを超え、胸はぺたんこでした。

ふと、セックスをすれば、御しがたいこの体も成長し、本来あるべき姿になるかもしれない、と思いました。だからあの朝、例の男の子が電話で誘ってきたとき、わたしは「いいよ」と言ったのです。

約束した八時に、彼が借りていた友だちのアパートメントへ行きました。玄関でその姿を見た瞬間から、まちがった選択をしたことがわかりました。愛のささやきもなければ、温かい抱擁もなかったから。

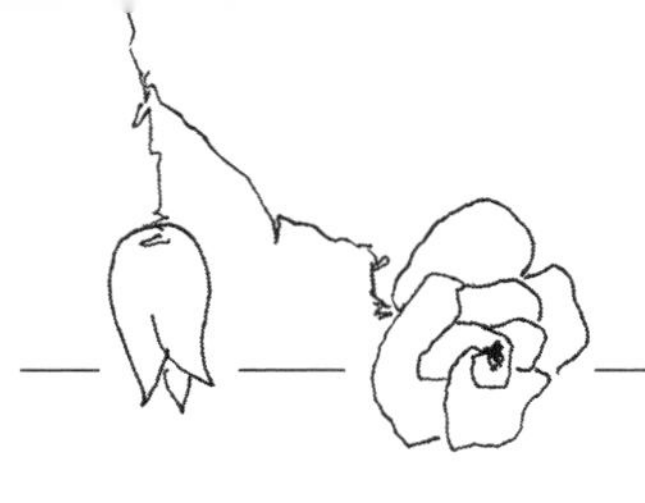

彼はただわたしを寝室に案内し、そこでふたりとも服を脱いだ。手探りの交わりが一五分続いたあと、わたしはそそくさと服を着て玄関に立ちました。

さよならを言ったかどうかも憶えてない。

憶えているのは、通りを歩きながら、たったこれだけなの？　と思ったこと、湯船にゆっくり浸かりたくてたまらなかったことです。湯船には浸かりましたが、〝たったこれだけ〟ではすみませんでした。

一〇カ月後、わたしは美しい男の赤ちゃんを産みました。息子の誕生をきっかけに、新しい人生をつくろうという勇気が湧いたのを思い出します。

その後、わたしは息子を所有したいと思うかわりに、愛することを学びました。息子がみずから学べるように、どう教えればいいのかも学びました。

あれから四〇年以上たったいま、すばらしい男性になった息子を見て、わたしは創造主が彼を与えてくれたことに感謝しています。彼は、愛情深い夫で父親、すぐれた詩人で才能ある小説家、頼りになる市民、世界最高の息子になってくれました。

はるか昔、あの神の啓示の日は、わが人生最良の日だったのです。

4通目

命を授かる

兄のベイリーは、妊娠したことは母に隠しておけと言いました。退学させられるから、って。わたしは卒業間近で、母はちょうど再婚相手と経営していたアラスカ州ノームのナイトクラブに行っていました。母さんがサンフランシスコに帰ってくるまえに高校の卒業証書をもらうんだぞ、ベイリーはそう言いました。

卒業証書は戦勝記念日（九月二日）に受け取りました。その日はちょうど継父の誕生日でもありました。朝、彼はわたしの肩をぽんと叩いて「成長してるな。立派な若い女性になってきた」と言いました。わたしは心のなかで思ったものです――そりゃそうよ、臨月なんだから。

継父の誕生日、わたしの卒業、そしてアメリカの戦勝を祝って健康的なディナーを食べたあと、わたしは彼の枕の上にメモを置きました。「パパ、家族の不名誉になることをしてごめんなさい。わたし妊娠してるの」その夜は眠れませんでした。

夜中の三時ごろ、父が自分の寝室に入る音が聞こえましたが、わたしの部屋のドアはノックしなかった。メモを読んでくれたのかどうかわからず戸惑いました。もう眠れないことは確定でした。

でも、翌朝八時半に、父がドアのまえに来て言ったのです。

「ベイビー、おりていっしょにコーヒーを飲もう——メモを見たよ」

彼が去る足音より、わたしの心臓が早鐘を打つ音のほうがよほど大きかったと思います。階下(した)におりてテーブルにつくと、父は言いました。「母さんに電話しようと思う。いまどのくらいなんだい?」

わたしが「あと三週間」と答えると、父は微笑みました。「母さんは今日帰ってきてくれるはずだよ」

不安。怖れ。そんなことばでは、わたしが感じていたことをとても言い表せません。

日暮れまえ、わたしのかわいい小さな母さんが家に入ってきて、わたしにキスをしてから、じっとこっちを見て言いました。「妊娠三週間どころじゃないわね」

「そう。九カ月と一週目」

「相手は誰?」と訊く母に、わたしは名前を告げました。

「彼を愛してるの？」
「いいえ」
「彼はあなたを愛してるの？」
「いいえ。セックスをしたのは彼とだけ。たった一度」
「三人の人生をめちゃくちゃにすることはないわ。家族ですばらしい赤ちゃんを迎えましょう」

母は州に登録された正看護師でした。陣痛が始まると、剃毛（ていもう）し、パウダーをはたいて、わたしを病院に連れていきました。そして、医師がまだ来ないあいだ、看護師たちに自己紹介すると、自分も看護師として分娩を手伝うと言いました。

それからいっしょに分娩台に上がり、わたしに両脚を曲げさせ、わたしの一方の膝に肩を当てると、きわどい笑い話をしました。そのあと陣痛が来ると話のオチを聞かせ、わたしが笑ったところで「いきんで」と言ったのでした。

赤ちゃんがおりてくると、小さな母さんは分娩台から飛びおり、頭が出てきたのを見るなり、「もうすぐ生まれるわ、黒髪よ！」と叫びました。どんな髪色だと思っていたのかしら。

赤ちゃんを取り上げたのは母です。ほかの看護師といっしょに彼をきれいにふき、毛布にくるむと、わたしのところに連れてきてくれました。「ほら、マヤ、あなたのとてもすてきな赤ちゃんよ」

帰宅した母さんはまるで五つ子を産んだみたいにクタクタだったぞ、と父は言いました。

母は、孫とわたしのことをとても誇らしく思っていました。わたしは息子を産んだことを一瞬も後悔しなくてすみました。息子には怖れ知らずで愛にあふれた、すてきなおばあちゃんの率いる愛情深い家族がいたからです。

おかげで、わたしまで、自分を誇らしく思うようになりました。

5通目

届いた祈り

彼はマークという名前でした。長身で、がっしりした体つき。馬でたとえるなら、王立カナダ騎馬警察の全部隊が乗れるほどでした。

マークは黒人プロボクサーのジョー・ルイスに感化され、生まれ故郷のテキサスを離れました。デトロイトで仕事を見つけて、貯めたお金でトレーナーを雇い、プロのボクサーになるつもりで。でも、自動車工場の機械に指をはさまれ、右手の指を三本失ったことで夢は破れました。

出会ったとき、彼はわたしにそんな話をして、なぜ「二本指のマーク」と呼ばれるようになったか教えてくれました。夢の実現が先延ばしになったことについて、恨みごとはいっさい言わなかった。わたしにやさしく語りかけ、借りている部屋にわたしが遊びにこられるように、よくベビーシッター代まで出してくれました。彼は理想の求婚者で、不器用な恋人。いっしょにいると心の底から安心できました。

マークのこまやかな心配りのもとで数カ月が過ぎました。ある夜、彼はわたしを職場に迎えに来て、ハーフムーン・ベイまで行こうと誘いました。

彼が崖の上に車を駐(と)めたので窓の外に目をやると、さざ波の立つ海面で銀色の月光が揺らめいていました。

車からおり、「こっちに来いよ」と呼ばれたわたしは、彼にしたがいました。すると、マークはこう言ったのです。「ほかに男がいるだろ。ずっと嘘をつきやがって」わたしは笑いはじめたものの、笑っている途中で殴られました。さらに、息ができるようになるまえに両手の拳(こぶし)で顔を殴られました。目のまえに本当に星を見て、わたしは気を失いました。

意識が戻ったときには、服をほとんど脱がされ、突き出した岩の壁に寄りかかっていました。そしてマークが、大きな木の薄板を持って泣いていました。「あんなにやさしくしてやったのに。この薄汚い裏切り者。おまえは堕落した女だ」彼に近づこうとしたけれど、両脚がぐらぐらして立てません。すかさず板で後頭部を殴られ、また気絶しました。意識が戻るたびに彼が泣きながら殴りかかってきて、わたしは何度も気絶しました。

そこから数時間の出来事は人づてに聞きました。自分では知りようがなかったのです。

マークはわたしを車の後部座席に乗せ、サンフランシスコのアフリカ系アメリカ人地区に行くと、レストラン〈ベティ・ルーのチキン・シャック〉のまえに車を駐め、あたりにいた人たちにわたしを見せたそうです。

「嘘つきの浮気女はこういう目に遭うんだ」

そのなかにわたしの顔を知っている客がいて、その人がレストランに戻り、ミス・ベティ・ルーに、ビビアンの娘がマークの車の後部座席にいたが死んでいたようだ、と伝えてくれました。

母と仲よしだったミス・ベティ・ルーは、母に電話をかけました。

マークの住まいも職場も、彼のラストネームさえ、誰ひとりとして知りませんでした。けれど、母はビリヤード場と賭博クラブのオーナーだったし、ベティ・ルーも警察に顔が利いたので、ふたりともマークはすぐ捕まるだろうと思ったようです。

母はすぐ、親しくしていたサンフランシスコでも一流の保釈保証人、ボイド・プチネリに電話をかけました。彼のファイルには、マークも「二本指のマーク」もいませんでしたが、捜索を続けると母に約束しました。

わたしは目覚めるとベッドに寝ていて、体じゅうがズキズキ痛みました。息をするのもつらかった。あばらが折れたからだ、とマークは言いました。わたしの唇には自分の歯が突き刺さっていました。

そのうち、マークがまた泣きだした。「おまえを愛してる」そして二枚刃の剃刀を持ってきたかと思うと、自分の喉に当てました。

「おれには生きてる価値がない。自殺する」

止めようにも声が出ません。マークは剃刀をすばやくわたしの喉に当てました。

「おまえを生かしておいて、ほかのニグロに奪われるなんて耐えられない」わたしはしゃべれず、息をするのも痛くてたまりませんでした。

でも突然、マークの気が変わったのです。

「もう三日間、何も食べてないだろ。ジュースを買ってきてやるよ。パイナップルとオレンジでいいか？　うなずいて答えろ」

どうすればいいのかわからなかった。どうしたら彼は部屋を出ていくの？

「この先の店でジュースを買ってくる。怪我させてすまなかった。戻ってきたら、看病してまた元気にしてやる。すっかりもとどおりにすると約束する」

わたしは彼が出ていくのをじっと見ていました。

そこでようやく、彼の部屋にいることに気づいたのです。よく遊びに来ていたから、同じ階に家主の女性が住んでいることも知っていた。あの人が気づけば助けてくれるかもしれない。できるかぎり空気を吸いこんで叫ぼうとしました。けれど、なんの声も出ません。体を起こそうとすると激痛が走るので、起き上がるのもあきらめました。

マークが剃刀を置いた場所はわかっていました。それを手にすればなんとか自殺はできる。わたしを殺してやったとマークが勝ち誇ることは防げる――そう思ったのを覚えています。

わたしは祈りはじめました。

祈りながら、気を失ったり目覚めたりをくり返していたようです。そうやって意識が遠のいては戻っていたそのとき、廊下の向こうから叫び声が聞こえました。母の声でした。

「ぶっ壊して！　くそったれをやっつけて！　娘がなかにいるのよ！」

木がミシミシと軋(きし)んだかと思うと砕け、壊れたドアの隙間から小さな母さんが入ってきました。でも、わたしを見て気絶しました。二倍の大きさに腫れ上がったわたしの顔と、歯が突き刺さった唇をそれ以上見ていられなかったのでしょう。

気絶したのは人生であのときだけよ、とのちに語ってくれました。

　続いて大男が三人、部屋に入ってきました。そのうちのふたりが母を抱き起こすと、彼らの腕のなかでもうろうとしながらも、母は意識を取り戻しました。男たちは母をわたしがいるベッドまで運びました。

「ベイビー、ああベイビー、本当にごめんなさい」母に触れられるたび、わたしは痛みに体をビクッとさせました。「救急車を呼んで。あの野郎、殺してやる。ああ、ごめんね」

　母は罪悪感を抱いていました。どんな母親も、わが子にひどいことが起きると、自分のせいだと思うものです。

　わたしは話すことも母に触れることもできなかったけれど、あの瞬間、あの悪臭漂う息苦しい部屋のなかで、一生のうちいちばん深く母を愛しました。

　母はわたしの顔をやさしく叩き、腕をなでてくれました。

「ベイビー、誰かの祈りが届いたの。マークの行方は誰にもわからなかった。ボイド・プチネリでさえね。だけど、あいつが小さな店にジュースを買いにきた。ちょうどそのとき、男の子ふたりが煙草売りのトラックから商品を奪ったの」母は事の顚末を語りつづけました。

「パトカーが角を曲がってきたので、少年たちは煙草のカートンをマークの車に投げ入れた。それで車に戻ってきたマークが警察に逮捕されたんだよ。いくら無実だと叫んでも信じてもらえず、そのまま留置場に連れていかれた。で、一度だけ電話を許されたとき、あいつはボイド・プチネリにかけて、ボイドその人が電話に出たってわけ」

マークはボイドに言った。「おれはマーク・ジョーンズ。オーク・ストリートに住んでる。いまは金を持ってないが、家主がおれの金をたくさん預かってる。彼女に電話すれば、そっちの請求する金額を持っていってくれるはずだ」

そして、ボイドが「きみはこの町でなんと呼ばれてる?」と訊くと、「二本指のマーク」と答えたのでした。ボイドは受話器を置くなり母に電話をかけ、マークの住所を伝えました。警察に通報するのかと訊かれた母は、こう答えたそうです。「いいえ。うちのビリヤード場に寄って、荒くれ者を何人か集めてから娘を助けに行くわ」

母がマークの家に着いたとき、家主は、マークという人はひとりも知らないが、とにかく間借り人はもう何日も留守だと答えました。でも、留守じゃないはずよ、と母は言いました。娘を探してるんだけど、マークの部屋にいるって聞いてね。

部屋はどこ？

彼はいつもドアに鍵をかけている、と家主は答えました。「だけど今日は開くの」母がそう言うと、家主は警察を呼ぶよと脅しましたが、母は「コックでもパン屋でも呼べばいい。なんなら葬儀屋も呼べば」と言ってやったそうです。

ようやく家主がマークの部屋を指さすと、母は手伝いの男たちに命じました。

「ぶっ壊して！　くそったれをやっつけて！」

入院したわたしは、盗んだ煙草のカートンを他人の車に投げ入れた若い犯罪者たちのことを考えました。マークは逮捕されてボイド・プチネリに電話し、ボイドは母に電話し、母はビリヤード場でもっとも腕っぷしが強い三人を集めた。そして、三人の男はわたしが囚われていた部屋のドアを壊し、わたしは命を救われたのです。

あの出来事は、事件でしょうか、偶然でしょうか、災難でしょうか、それとも届いた祈りでしょうか？

わたしは「自分の祈りが届いたのだ」と信じています。

6 通目

真実を語る

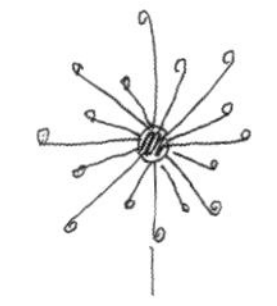

母ビビアン・バクスターは、よくこんなふうにわたしを諭(さと)しました。
「人が『お元気ですか?』と尋ねるときには、真実の答えなんて求めてないの。世界じゅうの人が無数の言語でこの質問をするけど、たいていの人は会話のきっかけにすぎないとわかってる。答えてほしいと本気で思ってる人なんていないのよ。まして、『えーと、膝の骨が折れたかと思うくらいつらいし、腰もひどく痛くて、倒れこんで泣いちゃいたい気分です』なんて答えは知りたくもない。そんな返事は会話を止めてしまうだけ。会話が始まるまえに終わってしまうわ。だからみんな、『元気です、ありがとう。あなたは?』って言うのよ」
たしかに、人はそうやって社交上の嘘をついたりつかれたりすることを学ぶのでしょう。たとえば、久しぶりに会った友だちが危険なほど痩せていたり、ありえないほど太っていたりしても、わたしたちは「元気そうね」と言ったりする。そんなのは見え透いた嘘だと誰にでもわかるのに、ぐっと呑みこんでしまう。ひとつには、波風を立てたくないからでしょうが、真実と向き合いたくないからでもあるでしょう。

でもわたしは、小さな嘘をつくのをやめられたらいいのにと思います。もちろん、ずけずけとものを言えという意味ではありません。乱暴な言動はどんな場合でもだめ。だけど、正直になれば、驚くほどの解放感が得られるもの。だから、知っていることを全部話す必要はないけれど、真実だけを口にするよう、もっと気を配ったほうがいいと思うのです。

あなたも、勇気を出して、女友だちに言ってみたら？「そのボサボサヘア、流行ってるのかもしれないけど、あんまり似合ってないかも」って。男友だちにも言ってみて。「上着からシャツの裾が垂れ下がってるそれ、クールじゃないよ」

最近、ハリウッドのファッショニスタたちは、しわくちゃの服で無精ひげを生やして出かけるのがセクシーだと決めたようです。起き抜けのように見えるからだとか。たしかに起きたばかりには見えるけど、セクシーじゃないわね。

鼻や乳首や舌のピアスは、いろんなファッションを試しているごく若い人たちだけのものです。わたしは好きではないけれど、そんなに気になりません。ほとんどの若者は、歳を重ねて仕事や生活をするうえで社会集団に入ると、ピアスを

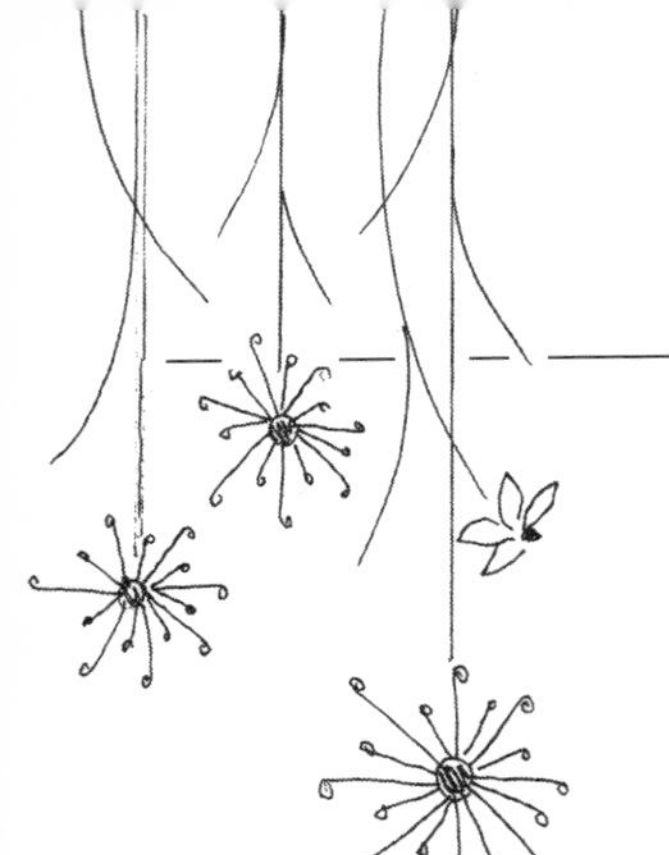

捨て去り、穴がきれいにふさがりますように祈ると聞きました。若い後輩に、そんな場所に穴を開けた理由を説明しなくてもすむように。

ともあれ、人には真実を語るのがいちばんです。「お元気ですか」と訊かれたら、ときには正直に答える勇気を持ちましょう。ただし、相手に避けられるようになることも覚悟しておくように。その人たちだって膝や頭が痛くて、あなたの不調など知りたくもないかもしれませんからね。

もし、それで人から避けられるようになったら？　こう考えるのはどうでしょう。「おかげで、わたしを苦しめているものを治療する方法をじっくり調べて、検討する時間が増えたわ」

7通目

品性のこと

品のなさを売りにしたがる芸人がいます。でも、観客のまえで無作法にふるまうと、当人の大きな劣等感があらわになるだけです。自虐ネタにどっぷり浸かり、下品さ全開でしゃべれば、自分は愛するに値しないし、実際に愛されないと思っているのが衆目にさらされます。

口汚い彼らを野放しにするなら、わたしたちは古代ローマの円形闘技場（コロセウム）の観客と変わらないのでは？　怒りくるったライオンが、武器を持たないキリスト教徒を殺すのを見て興奮している観客と。淫（みだ）らなことばをいっしょに使うことで、芸人が屈辱を受けたり与えたりする手助けをするだけでなく、わたしたち自身も品位を落としてしまうと思うのです。

だからこれからは、太っているのは可笑しくないし、下品なのは愉快じゃないと言える勇気を持ちましょう。横柄な子どもや、おとなしく言うことを聞くだけの親には憧れないし、まねしたくもありません。ふだんの会話に軽薄さや皮肉を

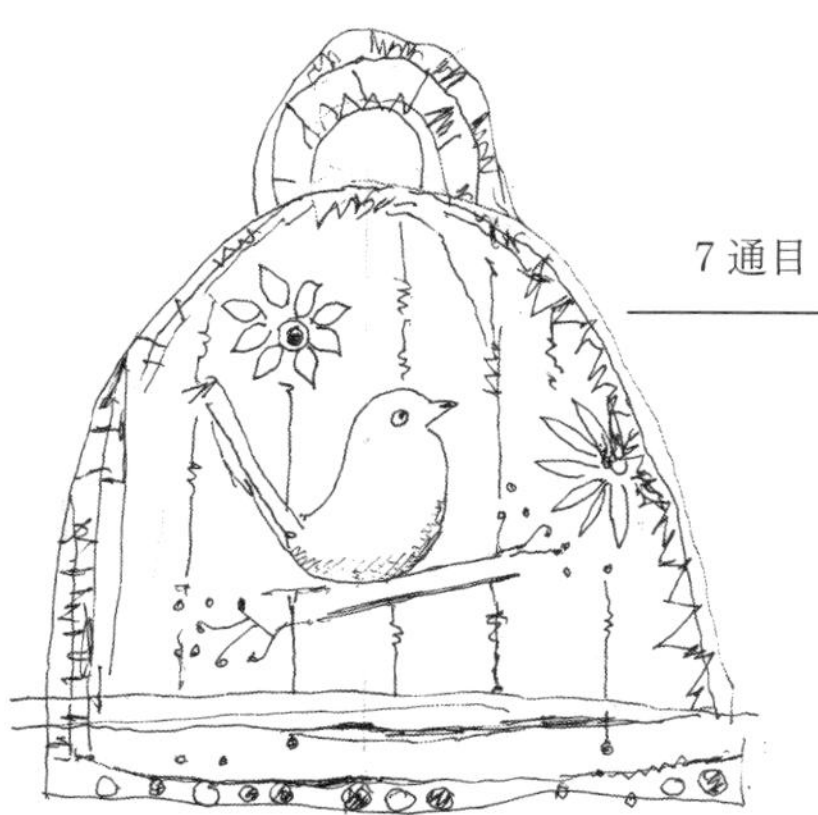

持ちこみたくもありません。

もしも、うちのリビングに皇帝が裸で立っていたら、わたしは「陛下、まだ議会には出られません。服をお召しになっていませんので」と正直に言わずにはいられないでしょう。まあ、うちのソファに寝そべって、スナック菓子をポリポリ食べるのも許さないでしょうが。

8通目

性の暴力について

教養ある先生や博識な教授が、研究で判断を誤ったり、成果を言いまちがえたりしたら、そっと彼らに背を向けて、ごきげんよう（アデュー）とささやいて、その場を去るのが親切かもしれません。あるいは、シェイクスピアの『ジュリアス・シーザー』よろしく、「平然とした顔で見つめる」のもいいでしょう。

わたしたちはこんなふうに、ささいな話題に関しては口をつぐみ、時間がまちがいを正してくれるようにと願うことができます。でも、どうしても反対意見を述べなければならない問題がひとつあります。レイプという行為です。

レイプは性的な行為などではなく、自分の力を感じたいという欲求だ、そう言い放つ社会学者が多すぎます。そういう人たちはさらに、レイプ犯自身も、力を追い求める別の誰かに傷つけられた被害者であることがほとんどで、その誰かもやはり被害者だった、などと解説します。本当にうんざり。百歩譲って、レイプ犯を残忍な暴行に走らせる動機のごく一部は支配欲によるものだ、としましょう。

だとしても、彼らを駆りたてるのは（圧倒的に）性的な動機だとわたしは確信しています。

　計画的レイプ犯が被害者に目をつけて狙うときのうなり声や、喉を鳴らし唾を吐く音は、性的動機がある証拠です。ストーキング行為にしたって、犯人は求愛行動のつもりでいます。被害者がそれに気づかなくても、欲望に取り憑かれた犯人は標的を追いかけ、観察し、性的ドラマの主人公になりきっているのです。

　計画的レイプに比べるとまだ罪は軽いとはいえ、衝動的なレイプも性的動機によるものです。犯人は無防備な被害者を偶然見つけ、ふいに性的興奮を感じる。淫らな衝動は露出狂と同じですが、レイプ犯は手短な興奮では満足しない。衝動に突き動かされ、より深くおぞましい侵略を進めるのです。

　わたしたちの思考を方向づけ、ひいては法律をつくりたいと思っている識者たちは、レイプを容認し、しかも説明のつく社会現象だと主張することが多すぎます。もし、レイプがたんに力を追い求め、それを得て使うことだとしたら、人間のこの極端な行為を自然なものとして理解し、赦しさえしなければならないでしょう。わたしはレイプ犯が被害者にぶつける卑猥なことばも、怯える相手の耳にささやく大げさな永遠の愛の誓いも、力というより性的快楽を求めてのことだとしか思えません。

獲物をあさるレイプ行為は、血を流し、心臓を止め、息を奪い、骨を砕く暴力行為と呼ばなければなりません。なぜって実際にそうだから。男女を問わず被害者は、襲われた恐怖で自宅の玄関ドアを開けられず、生まれ育った町の通りに出られず、人間不信に陥り、自分さえ信じられなくなる。レイプは凶暴で取り返しのつかない性行為です。

昔、タフガイを気取る知人が、わたしの男友だちに「ミニスカートの女を見るとレイプしたくなるのがわかるよ」と言ったとき、わたしの友だちは、「それが超ミニスカートだったら、自分を抑えられなくなって当然ってわけか？」と訊きました。そしてこうつけ加えたのです。「もし、彼女のそばに野球のバットを持った兄貴たちが立ってたら、そんな気持ちにはならないくせに」

「力を追い求める」説を受け入れると、レイプのむき出しの醜さがあいまいになり、暴力の残虐な剃刀の刃をなまくらに見せてしまいます。

それだと事の本質が見えなくなってしまう、とわたしは思わずにはいられないのです。

9 通目

母の先見の明

「自立」は、酔いがまわりやすい飲み物です。若いころに飲むと、脳には若いワインと同じ効果をもたらします。そんなに美味しくなくてもやみつきになり、飲むほどにもっと欲しくなってしまうのです。

二二歳のわたしはサンフランシスコに住み、五歳の息子がいて、ふたつの仕事をかけ持ちし、廊下の先に共有キッチンがあるふた間の部屋を借りていました。

大家のジェファーソン夫人は親切で、世話好きのおばあちゃんのような人でした。一流のベビーシッターでもあり、部屋の借り手にはいつも夕食を出すと言い張った。少なくとも週に三回は出されたスパゲティは、怪しげな赤、白、茶色のまぜこぜで、たまにパスタのあいだに正体不明の肉片が隠れていることもありましたが、物腰が柔らかく、性格もやさしかったので、彼女が恐ろしいメニューを開発しても、誰もやめさせるような意地悪はしませんでした。収入がわずかで、レストランに行く余裕などなかったわたしと息子のガイも、気乗り薄ながら、ジエファーソン料理店の常連でした。

そのころ、母はポスト・ストリートの家を引き払い、フルトン・ストリートの一四部屋あるビクトリア様式の邸宅に引っ越していました。どの家具にもゴシックの荘重な彫刻をほどこしてあって、ソファと椅子の張り地は赤ワイン色のモヘア。家じゅうに東洋の絨毯を敷きつめていました。料理も手伝ってくれる住みこみの掃除人までいました。

週に二回、母はガイをその家に連れていき、甘いデザートやホットドッグを食べさせましたが、わたしが母を訪ねるのはあらかじめ約束したときだけでした。

母はわたしの「自立したい」という気持ちを理解し、励ましてくれました。月に一度の訪問日には、わたしの大好きな料理をつくってくれました。わたしはそれが楽しみでならなかった。なかでも思い出に残っているのは、わたしが「ビビアンのレッドライス［訳注：米、野菜、ソーセージなどをトマトソースで煮込んだ料理］の日」と呼んでいたランチの日です。

フルトン・ストリートの家に着くと、母はいつも美しく着飾っていて、メイクアップも完璧、高級な宝石も身につけていました。

わたしは母をハグしてから、手を洗う。それからふたりで客用の薄暗いダイニングルームを通り抜け、広くて明るいキッチンに入ります。

ランチの準備はほとんどできていました。ビビアン・バクスターは美味しい食事に関してはいつだって真剣でした。

ある「レッドライスの日」のことです。テーブルには詰め物もグレイビーソースもない、カリッと香ばしく焼いた鶏と、トマトもキュウリも入れないシンプルなレタスサラダがありました。その隣には、大皿をかぶせた広口のボウル。

手短かな食前の祈りを熱心に捧げたあと、母は右手をボウルに添え、それを左手に乗せた大皿に一気にひっくり返しました。そのボウルをそっとはずすと、パセリのみじん切りとエシャロットの緑の茎を散らした、つやつやと輝く（わたしが世界でいちばん好きな）レッドライスのこんもりした山が現れました。

チキンとサラダの味の記憶はおぼろげだけど、レッドライスひと粒ひと粒の味と食感は、この舌の表面にいまでも残っています。

「食いしん坊」とか「ガツガツしている」などということばでは、大好物に身も心も吸い寄せられた大食漢を形容できません。山盛り二杯でお腹いっぱいになりながらも、美味しすぎて、もっと胃袋が大きければあと二杯は食べられたのにと思ったものです。

そのあと予定があった母は上着をはおり、わたしといっしょに家を出ました。

その区画のまんなかあたりまで歩いたところで、フィルモア・ストリートとフルトン・ストリートの角のピクルス工場から漂う、鼻にツンとくる酢の香りに包まれたのを覚えています。そのとき、母は先を歩いていたわたしを呼び止め、「おいで」と言い、わたしが戻ると、「あのね、ずっと考えてたんだけど、いまはっきりわかったわ。あなたはわたしが出会ったなかで最高の女性よ」と言ったのです。

母の身長一六二センチに対して、わたしは一八二センチを超えていました。わたしは、きれいで小さい母を見おろしました。その完璧なメイクとダイヤモンドのイヤリングを。ホテルを所有し、サンフランシスコの黒人社会のほとんどの人から称賛されている女性を。

母は続けました。「あなたはとてもやさしくて、とびきり賢い。このふたつの長所を兼ね備えてる人はそういないわ。ファーストレディだったミセス・エレノア・ルーズベルト、教育者で公民権運動家のメアリー・マクロード・ベスーン博士、そしてわたしの母さん。あなたもそのうちのひとりよ。さあ、こっちに来てキスして」

母はわたしの唇にキスをすると、背を向けて通りを横切り、ベージュと茶色の愛車ポンティアックまで歩いていきました。わたしはわれに返り、フィルモア・ストリートまで行って道を渡り、二二番の路面電車を待ちました。
母からお小遣いをもらうことはもちろん、車で送ってもらうことさえ、わたしの自立のポリシーに反していました。でも知恵を授かるのは大歓迎でした。路面電車を待ちながら、母に言われたことを思い返しました。「母さんが正しいとしよう。母さんはすごく賢い。誰も怖くないから嘘をつく必要もないとよく言っていたし。じゃあ、わたしは本当にひとかどの人物になれるの？　想像してみて」
あの瞬間、まだ口のなかにレッドライスの味を感じながら、わたしは決意したのです。煙草、お酒、悪態といった危険な習慣を改めるときが来た、と。
あなたも想像してください。いつの日か、本当にひとかどの人物になるかもしれないのですから。

10通目

モロッコの教訓

わたしは二〇世紀に生きながら、一九世紀のアラビアの幻想的な世界に憧れていました。イスラム世界の指導者(カリフ)と力ある宦官(かんがん)［訳注：去勢されて皇帝や権力者に使える有力官僚］がいて、ハーレムでは長椅子に美女たちが横たわり、金縁の鏡に映った自分の姿を眺めているような世界にです。

モロッコ滞在初日の朝、わたしは思い描いた幻想のロマンスにもう少し浸りたくて、散歩に出かけました。

通りには西洋の服を着た女性もいれば、厚く黒いベールで顔を覆(おお)った女性もいました。男性はみな赤いトルコ帽をかぶり、快活でハンサムでした。しばらくすると、廃品置き場にさしかかりました。わたしは現実の生活が目に飛びこんでくるまえに通りを渡ろうとしましたが、誰かの大声が聞こえたので振り返りました。

その廃品置き場にはテントが三つ張ってあって、数人の黒人男性がこちらに手を振っています。それまでに会ったモロッコ人も、これから会う予定のモロッコ

人も、アフリカ人というよりスペイン人やメキシコ人に似ていることに、このとき初めて気づきました。

わたしを大声で呼び、手招きしていた男性たちは、みなかなり高齢でした。幼少時に年長者を敬うようしつけられていたわたしは、彼らのところに行かなければと思いましたが、ふと自分が短いスカートにハイヒール姿だということを思い出しました。二五歳のアメリカ人女性には自然な恰好でも、高齢のアフリカ人男性の輪に入るのには、まったくふさわしくありません。

それでも、わたしは缶や割れた壜、捨てられた家具のあいだを縫って進みました。男性たちのところに着くと、彼らは突然坐りました。といっても、スツールなどなかったから、実際には坐ったのではなく、しゃがみこんだのです。

アメリカ南部の祖母に育てられたわたしは、坐っている年長者のまえで若者が立ったり相手より高い位置に坐ったりするのは失礼だと教わりました。だから彼らが屈むのに合わせて、こちらも屈みました。若いダンサーでしたから、体は思いどおりに動きました。

すると彼らは微笑み、理解できないことばで話しかけてきました。英語、フランス語、スペイン語で答えてみたものの、どれも通じなかったので、互いにただ微笑みました。そのうち、男性のひとりが、すぐそばで興味深く眺めていた女性たちに大声で何か言いました。わたしが微笑むと、彼女たちも笑みを返してくれました。

いくらわたしが鍛えられた若い筋肉の持ち主でも、ずっとしゃがんでいればつらくなります。それで、そろそろ立ち上がってお辞儀をしようと思ったのですが、そのとき、ひとりの女性が小さなコーヒーカップを持ってきて差し出しました。受け取ったわたしは、ふたつのことに気づきました。地面を虫が這っていることと、男性たちが満足して指を鳴らしていることに。

わたしは一礼してコーヒーをひと口飲みましたが、危うく気を失いかけました。なんと、舌の上にゴキブリがのったのです。でもまわりの人たちの顔を見たら、吐き出すことなどできません。そんなことをすれば祖母が墓の土を押しのけ、とことんがっかりした顔を見せるために飛んでくる。それだけは耐えられません。なんとか喉をこじ開け、残りのコーヒーを飲み干しました。ゴキブリは四匹いました。

そのあと、ようやく立ち上がり、みんなにお辞儀をしてその場を去りました。ものすごい吐き気と闘いながら廃品置き場を出ると、最初に見つけた壁をつかんで吐きました。このことは誰にも話さなかったけれど、そのあと一カ月間はとても具合が悪かったのを覚えています。

その後、フランスのマルセイユで公演したときのことです。小さな安宿に泊まり、ある朝、読み古された『リーダーズ・ダイジェスト』を手に取ると、「サヘル〔訳注：サハラ砂漠南縁の乾燥地帯〕から北アフリカに移動するアフリカの部族」という記事が目に入りました。

それによると、マリ、チャド、ニジェール、ナイジェリアをはじめとするサハラ以南のアフリカ諸国から、砂漠を渡ってメッカ、アルジェリア、モロッコ、スーダンに移動する昔ながらのルートがある。そうして移動する多くの部族は、ほとんど現金を持たずに物々交換で暮らし、わずかな現金はレーズンを買うのに使う。彼らは来客に名誉を与え、敬意を示すときにも、小さなカップに注いだコーヒーに三粒から五粒のレーズンを入れる――とありました。

記事を読んだわたしは、モロッコで出会った老人たちの足元に屈み、平謝りしたくなりました。

あのとき、彼らは名誉を与えてくれたのです。高価なレーズンで。

わたしは神に感謝しました。祖母はあの日のわたしの態度に満足してくれたことでしょう。

出されたものが人間の食べ物で、常識の範囲内で清潔そうで、アレルギーがなければ、できるだけ美味しそうにいただくこと——以来、これがわたしの生涯の教訓となりました。

追伸

これを「生涯の教訓」と呼んだのは、まだ充分身についていないからです。よくテストを受けるはめになり、潔癖症の度合いは隣の人と同じくらいなのに、みじめな落第点を取ることもある。でも、たいていは合格点よ。

コツは、祖母と四粒の罪のないレーズンを思い出すこと。

そう、一カ月間わたしをとことん苦しめたレーズンを。

11通目

ポーギーとベス

『ポーギーとベス』は、ジョージとアイラのガーシュウィン兄弟が手がけたオペラで、アメリカ南部の貧しい黒人たちが主人公です。初演から二〇年近くたっても人気があり、ヨーロッパ巡業に私が加わったときには、観客が立ち上がって拍手喝采を浴びました。華やかなキャストは活気にあふれ、わたしを歓迎してくれたものです。

けれど、わたしは早く巡業を抜けてサンフランシスコに帰りたくてたまりませんでした。罪悪感でいっぱいだったの。出演者としてヨーロッパに行くために、八歳の息子ガイをサンフランシスコの母とおばに預けていたから。

劇団側は、息子を呼ぶなら給料を大幅アップすると言ってくれたけれど、ほかの出演者の子どもがすでにふたり同行していて、その子たちの行儀の悪さを息子には見せたくなかったし、まねしてほしくもなかった。

わたしは主役級のダンサーで、歌もうたい、かなりの給料をもらって家に送金していました。それでも、罪悪感のせいで高給とは思えず、安宿やユースホステル、ホームステイを利用して宿泊費を節約しました。そのうえ、劇場の幕がおりると、副業としてナイトクラブでブルースを歌い、昼間は、習いたい人がいればどこでもダンスを教え、その報酬も母に送っていました。

でも、そんな生活をしているうちに、ついに食欲がなくなり、体重が減り、何にも興味が持てなくなってしまいました。家に帰って息子に会いたかった。なのに劇団からは、代役をヨーロッパに呼ぶ運賃と、自分が家に帰る運賃は自腹だと言われました。その新しいプレッシャーで、わたしはさらにふたつのナイトクラブで歌い、プロのダンサーや、歩くのもおぼつかない小さな子どもたちにダンスを教えました。

ようやく運賃を貯めて、イタリアのナポリからニューヨーク行きの船に乗りました。飛行機に乗らなかったのは、もし墜落したら、息子が将来、「母はぼくが八歳のときに亡くなりました。エンターテイナーでした」と嘆くしかなくなると思ったから。なんとしてもサンフランシスコに帰って、エンターテイナーとは別の顔もあることを、あの子に知らせる必要がありました。

九日間の航海を経てニューヨークに到着し、三日三晩列車に乗りつづけてサンフランシスコに着きました。いま思えば、息子との再会では感情を揺さぶられすぎて正気を失っていたかもしれません。息子を愛していたのはわかっています。とはいえありがたいことに、干渉しすぎて息苦しい思いをさせるような溺愛ではありませんでした。わたしは、息子が自立して、立派な大人になり、できるだけ幸せになるように愛し育てようと思っていました。

また不安に駆られたのは、丘の上に立つ母の豪邸の最上階に泊めてもらって一週間がたったときです。人種差別のある社会で、黒人の男の子が幸せで頼れる大人になり、偏見から解放されるように育てるのは、不可能とは言わないまでも、かなりむずかしいと気づいたのです。

二階のリビングのソファで横になっていると、ガイが歩いてきて、「ハロー、ママ」と言いました。わたしは彼を見て、ここでこの子を抱き上げて窓から飛びおりてもいいんだ、と思ったところでわれに返り、声を張り上げました。「出ていきなさい。いますぐ。早く家から出て庭に行くの。ママが呼んでも戻ってきちゃだめよ」

それから電話でタクシーを呼ぶと、階段をおりて、庭にいるガイに声をかけました。「もう家に入ってもいいわ。ママが戻るまでなかにいてね」

わたしはタクシーの運転手に「ラングリー・ポーター精神科クリニックまで」と告げました。

クリニックに入ると、受付の女性が訊きました。「ご予約はありますか」「いいえ」と答えると、女性は悲しそうな顔で「予約のないかたはお受けできません」と言いました。それでも、わたしは粘りました。「誰かに診てもらわなきゃいけないの。自分も、ほかの人も傷つけてしまいそうなの」

それを聞いた受付の女性は、早口でどこかに電話すると、「ソルシー先生がお会いします。廊下の先の右手、C診察室へどうぞ」と言いました。ようやく診察室のドアを開けました。でも、がっかり。机の向こうに坐っていたのが、若い白人男性だったからです。

〈ブルックス・ブラザーズ〉のスーツにボタンダウンシャツ、自信に満ちた冷静な表情。先生はわたしを迎え入れ、机のまえの椅子を勧めました。けれど、坐ってもう一度彼を見たわたしは、泣きはじめました。この特権階級の若い白人男性に、わたしの気持ちなんてわかるわけない。黒人の小さな息子を人にまかせっきりにして、罪悪感にさいなまれている黒人女性の気持ちなんて……。

先生を見上げるたびに涙が流れました。そのたびに彼は、どうしました、何かお困りですかと訊きました。わたしは救いようのない自分の状況に気がおかしくなりそうでした。やっとの思いで心を落ち着かせると、立ち上がり、先生に礼を言って診察室を出ました。受付の女性にも礼を言い、タクシーを呼んでもらいました。

そのまま、ボイストレーニングの先生のところへ行きました。フレデリック・ウィルカーソンはわたしのよき師であり、本音を話せる唯一の人でしたから。

彼のスタジオへと階段をのぼると、生徒がトレーニングをしている声が聞こえました。わたしを見たウィルキーは――彼はそう呼ばれていたの――寝室に行きなさいと言いました。「飲み物を出すから」そしてスタジオに生徒を残し、スコッチのグラスを持ってきてくれました。当時、わたしは禁酒中でしたが、そのときは飲みました。おかげでアルコールが効いて、眠りに落ちた。目覚めたときにはもう生徒の声がしなかったので、スタジオに入りました。

ウィルキーは「どうした？」と訊きました。そして、わたしが「気がおかしくなりそう」と答えると、「そんなわけない。いったいどうしたんだ？」と返してきました。話を聞いちゃいないのねと思って腹が立ったわたしは、ぶちまけました。「今日、自殺してガイも殺そうと思ったの。だからおかしくなりかけてるって言ってるのよ」

　すると、ウィルキーは言いました。「さあ、このテーブルについて。ここに法律用箋(イエローパッド)とボールペンがある。きみの恵まれている点を書くんだ」

「そんなことしたくない。おかしくなりそうなんだってば」

「まずこう書きなさい。『ウィルキーに書けと言われた。世界には、聖歌隊の歌声も、交響曲も、自分の赤ちゃんの泣き声も聞こえない人たちが無数にいることを考えろと』次はこう書く。『わたしは耳が聞こえる。神に感謝します』次、いくよ。『わたしにはこのイエローパッドが見える。世の中には、滝も、咲く花も、恋人の顔も見えない人たちが無数にいる。わたしは目が見える。神に感謝します』続けて。『わたしは読むことができる。世界には、その日のニュースも、家族からの手紙も、混んだ道で〝止まれ〟の標識も読めない人が無数にいる』……」

　ウィルキーの指示にしたがって、イエローパッドの一ページ目の最終行までたどり着いたとき、心の暴走は止まっていました。

　もう五〇年以上前の出来事です。わたしはあれから二五冊ほどの本と五〇ほどの記事、詩、脚本、スピーチ原稿を書きましたが、いつもイエローパッドとボールペンを使っています。

新しく何かを書こうとするときには、いまでも不安に駆られます。ああ、どうしよう、今度こそわたしがペテン師だと世間に知られてしまう、と。本当は執筆なんてできないし、文章もたいしてうまくないと気づかれてしまう。もうだめだ……。そんなふうに思いかけたとき、わたしは新しいイエローパッドを取り出します。そして、まっさらなページに向かい、自分がどれほど恵まれているかを考えるのです。

人生という航海で、わたしの船が穏やかでやさしい海を進んでいるのかどうかはわかりません。自分の存在が試される日々に明るい将来があるのかどうかも。ただ、嵐の日も晴れの日も、すばらしい夜も寂しい夜も、感謝の気持ちを持ちつづけたいと思っています。悲観的になろうとしても、明日はかならずやってくるのですから。

今日のわたしは、恵まれています。

12 通目

新しい友だち

ボブ・トゥルーハフトとデッカ（ジェシカ）・ミットフォードは、わたしが知るなかでもっとも魅力的なカップルでした。

ボブは急進派の弁護士で、決意は鋼（はがね）のように強いけれど、骨はとても繊細でした。ブラックパンサー党〔訳注：一九六六年結成、黒人解放を謳う急進派の政治組織〕を弁護して勝訴したとき、党の創設者ヒューイ・ニュートンからありがとうと抱きしめられ、あばらが三本折れたほどです。

デッカは作家で、著書『令嬢ジェシカの反逆』（朝日新聞社）のなかで、イギリス貴族として育った自分がコミュニストになったいきさつを明かしています。また、二作めの著書 *The American Way of Death*（アメリカ人の死に方）では、アメリカの葬儀ビジネスに疑問を投げかけ、そのあり方を一変させました。

あるとき、スタンフォード大学で講演をすることになり、デッカとボブに会えるようになったわたしは、講演後の週末をいっしょにすごしました。

ふたりと再会した最初の夜、月に一度フランスのビストロ料理を出す店が近くにあるんだ、とボブが言いました——ひと晩ふた組限定で、味は極上で大人気だから、本当は二、三カ月前に予約が必要なんだ。

でもデッカは、オーナーのブルース・マーシャルに電話してみて、とボブに頼み、ニューヨークから親しい作家の友人が来ていると伝えてもらいました。電話を切ったボブは笑顔で戻ってきました。「席が確保できたよ」

わたしたちが店へ行き、大皿より少しだけ広いテーブルにつくと、ブルースがやってきて言いました。

「あなたが町にいると聞いて、妻は大喜びでしたよ。あなたと大親友だそうで」

わたしはお礼を言い、なぜわたしが町にいるのを知っていたの？　とブルースに訊きました。すると彼は、ボブから聞いたと答えました。わたしの特徴も教わった、と。

そこでブルースの奥さんの名前を訊くと、マリリン・マーシャルだと言う。知り合いの名前をざっと思い浮かべたものの、マリリン・マーシャルなんて人は知りませんでした。

ブルースはわたしが戸惑うのを見て笑いました。「ああ、そうだ、ロサンジェルスであなたと知り合ったころは、旧姓のグリーンでした」たしかに、ロサンジエルス時代の知り合いにグリーンという家族はいたけれど、マリリンという人はいなかった。彼はまた笑い、ポケットから財布を取り出すと、開いてわたしに差し出しました。「これがマリリンの写真です」名前や場所が変わっても、目鼻立ちは美容整形でもしないかぎり変わらない。急いで写真を見ましたが、写っている女性の顔に見憶えはありませんでした。

なのに、わたしは微笑んで言いました。「本当にマリリン・マーシャルだわ。お元気そうで」

ブルースは、わたしたちのテーブルに誇らしげな笑顔を注ぎました。

食事を終えて帰るとき、ブルースが出口でわたしたちを呼び止めました。「マリリンが電話で話したいそうです」

わたしは受話器をしっかり耳に当て、声でわかりますようにと願いました。「もしもし」返事を聞いたときは心底がっかりしました。そう、声を聞いてもわからなかったの。

マリリンが訊きました。「カリフォルニアで何してるの？　なんで来るって教えてくれなかったのよ。家がこんなに遠くなかったら、いますぐレストランまで行くのに」

　わたしはあわてて言いました。「いいえ、もう食事はすんだの。明日はどう？　デッカ・ミットフォードとボブ・トゥルーハフトのお宅に一時ごろランチに来て。キッシュをごちそうするわ」

「わかった。うかがうわ」

　わたしはデッカに「同席して」と頼みましたが、「とんでもない」と言われました。

「何を話せばいいの？」

「キッシュがあるじゃない。それについて話せばいいわ」

　翌日、わたしはキッシュ・ロレーヌをオーブンに入れ、そこからの二時間に思いをめぐらせました。

　一時きっかりに玄関のベルが鳴り、ドアを開けると、人生で一度も会ったことのない女性が立っていました。小柄でかわいらしく、顔に驚きの表情を張りつけています。

「久しぶり。お元気？」

「最高よ。あなたは？　さあ入って」

彼女はなかへと歩を進めました。

キッシュの準備ができていると言うと、マリリンが、わたしも準備万端よと答え、ふたりでテーブルにつきました。お互い相手が誰なのかわからず、この気まずい状況からどう抜け出せばいいのか見当もつきませんでした。

ランチのあとは、キッシュ・ロレーヌのつくり方について長いこと話し、それからワインを持ってリビングに移りました。

マリリンが言いました。「タホ湖で誰に会ったと思う?」

「わからない」

「チャールズ・チェスナットよ。彼、わたしに気づかないふりをしたの」

マリリンは、わたしがその名前を知っていることを期待しつつも、知らないだろうと薄々気づいていたようです。彼女みたいに度胸のないわたしは、何も言いませんでした。

マリリンは続けました。「話しかけたのに、怪訝（けげん）そうにずっとこっちを見てるの。いやなやつ。彼の活動をあなたと手伝ったときみたいに頑固だったわ」わたしはやっぱり無言でした。

「だから近づいて、こう言ってやったの。『わたしを知らないふりをしてるでしよ。もうすぐルイーズ・メリウェザー［訳注：黒人女性作家、活動家］に会うんだから、見てらっしゃい』って」

　これで謎が解けました。

「マリリン、言いにくいんだけど、わたしはルイーズ・メリウェザーじゃないの」

　すると彼女は叫びました。「やっぱりね！　きのうの夜電話したとき、声がちがう気がしてたのよ」

　いまやマリリンは部屋のまんなかに立っていました。「あなたが玄関を開けたとき、よほどの美容整形をしてないかぎり、この人はルイーズじゃないって思ったわ」

「そもそも、なんでわたしがルイーズだと思ったの？」

「ブルースがそう言ったからよ。あなたが、つまりルイーズがニューヨークから来ているとボブから聞いたって。ブルースはわたしがルイーズをすごく気にかけてることを知ってるから」

　そしてマリリンはこう訊いてきた。「教えて、あなた誰？」

「マヤ・アンジェロウ」

「ああ、最低。もう行くわね。ごめんなさい」

「いいえ、行かないで。これは友だちになる新しい方法よ。どうしてこうなったのか考えてみましょ」

「ボブが席を予約しようとブルースに電話してきて、友だちが泊まりに来てると言ったの。ニューヨークから来たアフリカ系アメリカ人の作家だって」

そのときブルースはボブに訊いたそうです。「その友だちは背が高いのか?」

「一八〇センチを超えてる」

たしかにルイーズ・メリウェザーは一八〇センチを超えていて、黒人で、作家です。

だからブルースは言った。「その人は妻の大事な友だちだ」

どうやら、ニューヨークに一八〇センチ超えの黒人女性作家はルイーズひとりのようです。

マリリンとわたしは大笑いしました。すべてわかったつもりでいる男性たちと、他人同士のありえない訪問を成功させかけた自分たちが可笑しくて。

マリリンは精神分析医で作家、わたしが好きなタイプの女性だとわかりました。賢くて、ユーモアがあり、意志が強い。思いも寄らない方法で、わたしは彼女と友だちになりました。

そのころ、わたしの大切な兄ベイリーは、ヘロイン依存と闘っていました。厳しい闘いでしたが、兄は本気で麻薬を断ちたいと言っていました。わたしは地域のすぐれた黒人男性の精神分析医ふたりの名をあげ、治療（セッション）の費用も払うと申し出ましたが、兄は首を縦に振りませんでした。

そこでマリリン・マーシャルの話をしてみました。すると、兄は彼女の著作を一冊選び、読みはじめました。いかにも彼らしい。麻薬に依存していようがいまいが、ちゃんと下調べをする人なのです。兄は彼女に会う気になりました。

わたしが経緯をすべて話すと、マリリンは、患者ではなく友人の兄としてベイリーに会うことに同意してくれました。わたしはブルースに頼み、彼のレストランで兄がランチとディナーをとれるよう手配しました。兄はゲストをひとり連れていき、伝票にサインする。ただ実際には彼が支払わないことは、ブルースとマリリンとわたしだけが知っていました。そうやって、兄はブルースのレストランでときどきマリリンと話し合いました。

そのおかげで、兄は一年にわたって人生をコントロールすることができました。わたしは、おかしな偶然で知り合ったふたりの他人が兄に手を差し伸べてくれたことに心から感謝しました。
もしかしたら、あなたの友人も、他人の顔をして待っているのかもしれません。

13 通目

偉大なアーティスト

世の中には、時代も場所も超えて万人のものとなるアーティストがいます。そんな歌手、ミュージシャン、詩人をあげるとしたら、次の人たちははずせないでしょう――旧約聖書の竪琴奏者ダビデ、寓話の語り部イソップ、天幕づくりのオマル・ハイヤーム［訳注：一一世紀後半から一二世紀初頭のペルシャの詩人、天文学者］、エイボンの吟遊詩人シェイクスピア、ニューオーリンズの天才ルイ・アームストロング、エジプトの魂を歌うウンム・クルスーム、フランク・シナトラ、ゴスペル歌手マヘリア・ジャクソン、ジャズ・トランペット奏者ディジー・ガレスピー、レイ・チャールズ……

息が切れるまで列挙することもできるけれど、とくにキューバが誇る歌手セリア・クルース［訳注：「サルサの女王」と呼ばれたキューバ系アメリカ人。二〇〇三年没］の名は、万人のあいだでいつまでも燦然（さんぜん）と輝くでしょう。彼女のスペイン語の歌は、人の心に寄り添う力が桁はずれですから。

わたしが初めてセリア・クルースのレコードを聞いたのは、一九五〇年代初めです。スペイン語はかなり話せたし、彼女の音楽が大好きだったけれど、歌詞を英語に翻訳するのはむずかしかった。クルースのあらゆることを調べるうちに、彼女の熱烈なファンになりたければもっとまじめにスペイン語を学ぶしかない、そう気づいて、実行に移しました。

ニューヨークにいる兄の助けも借りて、それまでに発売されたクルースのレコードと、彼女の名前が出てくる雑誌を見つけられるだけ見つけました。おかげでスペイン語はかなり上達し、数年後、ラテン音楽の巨匠ティト・プエンテ、ウィリー・ボボ、モンゴ・サンタマリアらと同じステージに立ったときにも、スペイン語だけでなんとかやれたし、楽屋でも彼らと流暢（りゅうちょう）に会話できました。

当時、わたしはもうプロの歌手でした。歌にはまだ改善の余地があったのに、どうにかステージを務められたのは、胸躍るリズムを生み出せたからでしょう。子どものころから体に染みついているリズムもあれば、セリア・クルースのレコードからまるごと取り入れたリズムもありました。

クルースがアメリカに来て、ニューヨークのアッパー・ブロードウェイの劇場で歌ったときには、毎日見に行ったものです。彼女はステージで弾け、セクシーで、胸が震えるほど存在感があった。クルースから学んだのは、持てるものすべてをステージにぶつける、ということでした。

あれから四〇年以上たったいま、わたしは音楽がなくても、詩を読むだけで観客の心を満たせるようになりましたが、舞台で存在感を発揮する方法のほとんどは、セリア・クルースから学んだものです。

すべての偉大なアーティストは、同じ源から力を得ているって知っていますか？　その源とは〝人の心〟です。

心は、わたしたちがそれほどちがっていないこと、互いに似ていることを教えてくれるのです。

14通目

ヘイマーを讃える

選挙人登録をして一級市民になろうとしただけで、わたしたちはこうした不当な扱いを受けました。いまミシシッピ州に自由民主党の議席はありません。わたしはアメリカに問いたい。ここは自由の地、勇者の故郷アメリカなのですか？　まともな人間として生きたいと願っただけで毎日命を脅(おびや)かされ、脅迫電話が怖くて受話器をはずしたまま眠らなければいけないこの国は、本当にアメリカですか？

ご静聴ありがとうございました。

——ファニー・ルー・ヘイマー

［訳注：ヘイマーは公民権運動家。ミシシッピ州自由民主党の副代表も務めた。選挙人登録を試みた際に逮捕されて暴行を受けたが、一九六四年、ミシシッピ州議員に立候補し、全米民主党大会で過去の暴行について証言した。この引用は証言の最後の部分］

大事なのは、このことばがひとりのアフリカ系アメリカ人女性の口から出たということです。この演説が、ひとりのアメリカ人の心の叫びだということを、しっかりと理解しなければなりません。

アメリカ人はみな、心の奥のいちばんひそやかな場所で、偉大な国の国民でいたいという情熱を燃やしています。あらゆる市民は、気高い国の代表として世界の舞台に立ちたいと思っています。その国では強者はかならずしも弱者を虐(しいた)げず、弱者も民主主義の夢が見られるのです。

だからこそわたしたちは、四〇年前にファニー・ルー・ヘイマーが投げかけた問いに耳を傾けなければなりません。どこに住んでいようと、すべてのアメリカ人はヘイマーの問いを自分にも投げかけるべきです。こんなふうに――自分の国をどう思う？　「アメリカ合衆国」と聞くと気持ちが高まって、胸を張りたくなるのはなぜ？　自分の国をきちんと讃えている？　仲間の市民たちを讃えている？　「アメリカ合衆国」と聞いて、首をうなだれ、目をそらしたくなるのはなぜ？　そんなときどうしてる？　国に対する失望をリーダーやほかの市民のせいにしていない？　自分には関係ないと高みの見物をしていない？

わたしたちアメリカ人は、これらの質問に答えるのを怖れてはならないのです。

ピラミッドのように積み重なった歳月のあいだに、質問がくり返され、答えが示されてきました。それらは子どもたちの記憶に残り、口から口へと伝承されて、欠くべからざるアメリカ史の一部となりました。

パトリック・ヘンリー［訳注：一八世紀アメリカ独立革命期の政治家］はこう言いました。「ほかの人々がどんな道を選ぶのかはわからない。だが私は言う。私に自由を与えよ、さもなくば死を」

奴隷として生まれた一九世紀の詩人、ジョージ・モーゼス・ホートンは「ああ、この野蛮な鎖につながれるために私は生まれたというのか。手首の枷（かせ）を裁ち落とし、いま一度人間として生きなければ」と言いました。

過去と現在だけに生きる人間でいるのは不安だった。だから未来にも憧れ、希望を抱いた。自由になりたいと強く願うことで、行動し、考え、話す決意が生まれた。

——フレデリック・ダグラス

［訳注：一九世紀アメリカの奴隷制度廃止論者、元奴隷］

ダグラスと同じく元奴隷で制度廃止論者だったハリエット・タブマンは、民主主義への愛に突き動かされて、自身の自由を追い求めるだけでなく、奴隷制度のあるアメリカ南部を数えきれないほど訪れました。そして多くの奴隷を解放する手助けをし、無数の人の心に「自由は手に入る」という考えを刻みこみました。

冒頭に挙げたファニー・ルー・ヘイマーとミシシッピ州自由民主党は、先人たちの努力に支えられながら、偉業をなしとげました。わが身は安全と思いこんでアメリカ国民に寄生していた差別主義者たちを、議席から引きずりおろしたのです。ヘイマーの思い出と、存命のミシシッピ州自由民主党員に敬意を表すのは当然でしょう。彼らがくれた贈り物に感謝しなくてはなりませんね。

人の心はあまりに繊細で傷つきやすい。だから、つねに目に見える励ましがないと努力をためらってしまいます。でも同時に、人の心はとても強くてたくましい。だから、ひとたび勇気をもらえば、大きな音で揺るぎないリズムを刻みつづけます。

心を励ますもののひとつは音楽でしょう。人々は時代を超えて、自分たちを成長させる歌、心のよりどころとなる歌をつくってきました。わたしたちアメリカ人も世界じゅうの人の心を励まし、奮い立たせる音楽をつくってきました。

ファニー・ルー・ヘイマーは、自分がひとりの女性にすぎないことを知っていました。そしてまた、自分がアメリカ人だということも。彼女はひとりのアメリカ人として、人種差別の闇を照らす光を持っていました。小さな光ではあったけれど、それを無知の闇にまっすぐ当てたのです。

ヘイマーはまた、みんなが知っているシンプルな歌、わたしたちアメリカ人が子どものころから歌ってきた歌が大好きでした。

「わたしのこの小さな光を
輝かせよう
小さな光を輝かせよう
輝かせよう
輝かせよう」

［訳注：ゴスペル・ソング This light of Mine の歌詞］

15通目

究極の洗練

サミアはセネガル出身の有名な女優で、ゆったりとした華やかな服を着ていました。わたしはパリへの旅の途中で彼女と出会いました。サミアとフランス人の夫ピエールは、芸術を愛する知識人グループのメンバーで、安ワインをぐいぐい飲みながら、ニーチェからジェイムズ・ボールドウィン〔訳注：ニューヨーク出身の作家、公民権運動家〕まで、なんでも論じ合っていました。

わたしはパリっ子の集まりにすんなり溶けこみました。みな、自分たちの若さと才能と知性を自力で生み出したんだと言わんばかりに鼻高々でした。

サミアと夫は、一年の大半をセネガルの首都ダカールですごしていて、いつでも遊びに来てねと言ってくれました。わたしがセネガルを訪れたのはそれから何年もあとです。もらった電話番号はまだ使われていました。

ディナーに招待され、美しい家具の置かれたリビングルームに入ると、人々の

笑い声と、グラスの氷がチンとなる音が聞こえてきました。そこでは人種の分け隔（へだ）てなく、アフリカ人と同じくらい大勢のヨーロッパ人が本格的なパーティを楽しんでいました。サミアはドアの近くにいた小さなグループにわたしを紹介し、しばらくいっしょに話していたけれど、給仕係がわたしに飲み物を勧めに来ると、その場を離れました。

サミアの母語はセレル語ですが、わたしはセレル語を話せず、公用語であるフランス語もセネガル訛（なま）りでよく理解できませんでした。それでもわたしは、グループからグループへと渡り歩きました。

開けはなたれたドアのそばを通りかかると、客たちが壁際に立ち、部屋の中央に敷かれた美しい東洋の絨毯を踏まないようにしているのが見えました。ふと、あるエジプト人の知り合いのことを思い出しました。彼女は、高価な絨毯をすり減らしていいのは自分と家族と友人だけだと言って、使用人が絨毯の上を歩くのを許さなかったのです。

わたしのサミアに対する評価は急落しました。どうやらサミアは客に、絨毯を踏む人にはいい印象を持たないと伝えているみたいね。招待客に行儀作法を教えるとき、人はどんなことばを使うのかしら？　興味が湧いたわたしは、実地試験をしてみることにしました。

まず部屋に入り、壁にかかった絵をじっくり見るふりをして絨毯のまんなかを突っ切ってみる。それから踵(きびす)を返して別の絵を見に行く。これをくり返し、四、五回は絨毯を踏んだはずです。壁際に集まってこちらを眺めていた人たちは、わたしに弱々しく微笑みました。絨毯の上を歩いてもいいのだと勇気づけられたのかも、と思いました。

そのうち、白い錦織のドレスを着たセネガル人女性が微笑み、わたしを話の輪に引き入れました。彼女は作家で、わたしたちは本について話しはじめましたが、話が盛り上がりすぎて、あやうく大事な場面を見逃すところでした。ふたりのメイドが現れたかと思うと、なんと、わたしが踏んだ絨毯をくるくると巻いて運び去ったのです。

彼女たちはすぐに戻ってきて、同じくらい美しい別の絨毯を広げ、軽く叩いて表面を整えました。続いて絨毯の上にグラス、取り分け用の大きなスプーン、たたんだナプキン、銀器、ワイン、水のピッチャー、さらに湯気の立つライスとチキンを盛ったボウルが置かれました。

そこへサミアとピエールが現れ、両手を叩いて一同の注目を集めると、いちばん有名なセネガル料理をお出ししますと言いました。「ヤッサ［訳注：タマネギと鶏肉をレモン汁に漬けこみ、炒め煮にした料理］を、アメリカから来たわたしたちの姉のために」ここでわたしに手をふり、「マヤ・アンジェロウに。さあ、坐りましょう」と続けました。

客の全員が床に坐り、わたしの顔と首はカッと熱くなりました。賢く礼儀正しいマヤ・アンジェロウともあろう者が、テーブルクロスを踏んで歩きまわっていたとは。チョコレート色の肌が幸いして、恥ずかしさのあまり顔から火が出ているとは知られずにすみましたが……

腰をおろしたものの、わたしは食べ物がうまく飲みこめませんでした。決まりが悪くて喉が締めつけられ、食事どころではなくなってしまったのです。

慣れない文化のなかでは、新しい試みや提案をしたり、人に何かを教えようなどと思ったりしないほうが賢明ですね。

究極の洗練とは、徹底的にシンプルでいることなのでしょう。

16通目

銀幕の思い出

ハリウッドでもっとも多作かつ名誉ある映画監督のひとり、ウィリアム・ワイラー〔訳注：『ローマの休日』や『ベン・ハー』などの監督〕がアメリカ映画協会から生涯功労賞を受けてから、もう何年もたちます。当時、協会理事だったわたしは、授賞式に参加して簡単なスピーチをするよう頼まれ、もちろん喜んで引き受けました。

豪華なセンチュリープラザホテルで開かれた授賞式には、この上なく魅力的で有名な俳優たちが勢ぞろいしていました。フレッド・アステアもいたし、オードリー・ヘップバーンやグレゴリー・ペックもいました。ウォルター・ピジョン、グリア・ガースン、ヘンリー・フォンダ、チャールトン・ヘストンが観客席できらめいていました。

震えながらテーブルにつき、部屋を見まわすと、わたしの恋愛観、品位、正義感を形づくってくれた顔また顔がありました。銀幕を通してわたしに、洗練、道徳、美、騎士道精神、勇気を示してくれた人々です。

そのとき脳裡（のうり）に、故郷アーカンソー州の小さな町にあった人種隔離の映画館の光景が浮かびました。

かつては、兄と映画館に行くたびに、白人衆の敵意ある視線に立ち向かわなければなりませんでした。なんとかチケット売り場にたどり着いて料金を払っても、がたつく外階段のほうへ行けと親指で邪険に示されたものです。その階段をのぼると、黒人専用の桟敷席（さじきせき）（ハゲタカの止まり木と呼ばれていた）がありました。

ふたりで窮屈なスペースに腰をおろし、両膝に顎をのせました。床に捨てられた飴の包み紙やゴミを踏むと、パリパリと音がした。その止まり木に坐って映画を観ながら、大人になった美しく豊かな白人がどうふるまうかを学んだのです。

あれから長い歳月がたち、いま、わたしはホテルのきらびやかな会場に坐って、映画スターが次から次へと立ち上がってワイラー氏に敬意を表するのを見ている。けれども頭のなかでは、アメリカ南部で屈辱を受けた幼い日々を思い出していたのでした。

わたしの名前が呼ばれたとき、ちゃんと暗記したはずのスピーチは頭から抜け落ちていました。マイクのまえに立ち、有名人の顔を見つめるわたしは怒り心頭

に発していました。もちろんわざとではないにしろ、この人たちが原因でわたしは辱めを受けたのです。怒りのあまり舌がもつれ、放心状態だったと思います。「わたしはあなたたちが大嫌い。みんな大嫌い。あなたたちの力も名声も、健康も財産も、それを当然のように受け入れているところも」と叫びたいのをこらえるのに、並はずれた自制心を要しました。でも、口を開いたらこんな本音をもらしてしまいそうで、それが怖くもありました。「わたしはあなたたちが大好き。あなたたちの持っているものすべて、あなたたちという存在のすべてが」

わたしは名だたる観客たちのまえに無言で突っ立っていました。話さなければと何度か試みたものの、結局は二言三言ぼそぼそとつぶやいただけで、会場から去りました。あとで、ドラッグのせいで頭が真っ白になったのだという噂が流れました。

このつらい出来事を振り返ってわかったのは、アーカンソーで与えられたものはいつまでも思い出しつづける、ということでした。

自分はどこから来たか――これを忘れることはぜったいにできない。わたしの心は、昔登った山や渡った川、道の先にある挑戦に思いを馳せ、驚きの目をみはることをやめない。そう知ることではじめて、わたしは強くなれるのです。

17 通目

自分を守る

最近、わたしの書いた短篇小説をドラマ化させてほしいというテレビ局のプロデューサー四人と会いました。

よくあることですが、四人のなかのリーダーがたちまち本性を現しました。誰がボスであるかは疑う余地もなかった。小柄ですぐに笑みを見せる、声の高いその女性プロデューサーは、わたしが何か言うたびに皮肉を返してきました。叱りたくなるほど痛烈な皮肉ではないにせよ、優位に立とうとしていることは充分わかりました。

たとえば、わたしが「このレストランで打ち合わせることになってよかった。大好きな店なの」と言うと、彼女は「もう何年かぶりだけど、最後に来たときにはすごくつまらない雰囲気だったのを憶えてるわ。まるでおばあさんの家にいるみたいな」と返してくる。そして店内を見まわし、気取った笑みを浮かべて言う。

「あれからちっとも進歩してないようね」

そんな調子で、わたしの発言に彼女が皮肉で答えるやりとりが三回続いたので、とうとうわたしは訊きました。「なぜそんなことをするの？」

するど、彼女は甘く無邪気な声で答えました。「え、何をするって？」

「わたしを控えめに攻撃している」

そのプロデューサーは笑いました。「あらやだ。わたしはただ、あなたがいつでもなんでも正しいわけじゃないって伝えてるだけよ。とにかく、ちょっとしたことばの戦争が好きなの。ウィットが研ぎすまされるでしょ。それにわたし、ズケズケものを言っちゃうの」

わたしは両手を膝に置き、顎が胸につくほどうつむいて、寛大になりなさいと自分に言い聞かせました。それからプロデューサーにこう訊いた。「ことばの戦争？　本気でわたしをことばの戦争に引きこみたいの？」

彼女は平然と「ええ、ええ、もちろん」と答えました。

「それはお断り。だけど、ここに集まることになった仕事の話はしましょう。わたしの短篇小説をそちらのテレビ局でドラマ化したいんでしょ。はっきり言ってノー。許可しません」

プロデューサーは「まだオファーすらしていないのに」と言いましたが、わた

しは続けました。「同じことよ。何よりも明らかなのは、あなたといっしょに働く環境は、平穏でも心地よくもないってこと。あなたはそんな働き方をしないから。だから、あなたからのオファーはすべて断らざるをえない」

こう言い足してもよかったかもしれないわね。「誓って言うけど、わたしを敵にまわさないほうがいいわよ。わたしは脅されてると感じたら勝つまで戦うから。その場合、あなたより三〇歳上だってことも、気が短いという評判があることも忘れて戦うわ。でも争いのあと、あなたを負かしたとわかったら、きっと恥じ入るでしょうね。これまでともに生きてきたあらゆる痛みと、あらゆる喜びと、あらゆる怖れと誇りを、たったひとりの女性に勝つためにつぎこんだわけだから。喧嘩の相手は慎重に選ぶべきだと知らなかった女性にね。たぶん自己嫌悪に陥るわ。とはいえ、逆にあなたが勝ったら、打ちのめされてものを投げつけはじめるかも」

暴力はけっして褒められたことではありません。でも、わたしたちはおのおの自分を大切にしなければなりません。

いつどこにいても、必要があれば争いに備え、自分を守っていいのです。

18 通目

愛する人との別れ

これまでの数年間、いえ、ここ数カ月で、わたしは四〇年以上つき合ってきた友人たちとの余儀なき別れを経験しました。わたしはいま、もっともすばらしく、もっともつらい人生の教訓をともに学んだ友人たちが恋しくてなりません。

作家のジェイムズ・ボールドウィンやアレックス・ヘイリーと大声で話し、叫び、笑い、泣いた週末が戻ってこないことがいまだに寂しい。ベティ・シャバズ［訳注：教育者、公民権運動家。イスラム教徒で公民権運動家のマルコムXの妻］は、最後にディナーをつくってあげた日に彼女が何を着ていたかも憶えているほど、まだわたしのそばにいる。漫画家のトム・フィーリングスとはいっしょに本を出版し、彼が描いたわたしの亡き母の肖像画は、うちの寝室の壁にかけてある。俳優のオジー・デイビスとは、彼が亡くなる数日前にことばを交わし、彼と奥さんのルビー・ディーの代わりにワシントンDCで用事をすませる約束をしたのでした。

そして最近、神に選ばれしシスター、コレッタ・スコット・キング［訳注：作家で公民権運動家。公民権運動の指導者マーティン・ルーサー・キング・ジュニア牧師の妻」にさよならの手を振ることになりました。毎年わたしの誕生日が近づくと、同じ日に暗殺されたキング牧師のことを思い出します。ここ三〇年、四月四日に、コレッタ・スコット・キングとわたしは花やカードを送り合ったり、電話で話したりしていたのです。

友人や大切な人を、二度と戻ってこられないあの国へ見送るのは耐えがたいものです。「死よ、おまえの刺はどこにあるのか」［訳注：『新約聖書』コリント人の信徒への手紙第一五章第五五節］という壮大な質問に、わたしはこう答えましょう。「それはここ、わたしの心と頭と記憶のなかにある」

誰かが亡くなると心にぽっかりと穴があいて、悲しみと畏れが押し寄せてきます。彼女はどこへ行ったの？　彼はいまどこ？　詩人で公民権運動家のジェイムズ・ウェルドン・ジョンソンが言ったように、彼らは「イエス・キリストの胸で安らかに眠っている」のかしら？　もしそうなら、わたしの大切なユダヤ人や日本人やイスラム教徒の友だちは？　彼らは誰の胸に抱かれているの？

こうした問いから解放されるためには、すべてを知らなくてもいいと認めることが必要です。すでに知っていることを知っていれば充分、と自分に言い聞かせるのです。知っていることがつねに真実だとはかぎらなくても。
愛する人を亡くして心が荒れてしまったとき、わたしは不安や疑問に囚われないように、なるべく早く気持ちを切り替えるよう努めます。そして、この世を去った大切な人から何を学んだか、これからも学べることはあるかを考えます。よき人生を生きるのに役立つどんな遺産を残してくれただろう、と考えるのです。

もっとやさしくなることを、わたしは学んだだろうか？
もっと忍耐強く
もっと寛大で
もっと愛に満ち
もっと笑顔にあふれ、
誠実な涙をもっと素直に受け入れることを

旅立った大切な人たちが遺したものを受け入れれば、こう言うことができます
——みんな、愛をありがとう。神様、みんなに生を与えてくださってありがとう。

19通目

弔辞

ほんの一瞬、宇宙のベールが取り払われ、神秘が明かされた。星々のどこか背後で、問いの答が見つかった。眉間のしわは消え、長いあいだまばたきもせず見つめていたまぶたが閉じられた。

あなたの愛する人は宇宙を満たしていました。あなたは陽の光に目覚め、月の光に抱かれて眠りました。生きとし生けるものはあなたに開かれ、あなたのために芽吹いている贈り物でした。ハープに合わせて聖歌隊が歌えば、あなたの足は先祖代々のビートを刻む。なぜなら、あなたは愛する人の腕を支え、その腕に支えられていたから。

いまあなたのまえには、乾いた砂漠の日々が延々と広がっています。この深い悲しみの季節に、あなたを愛するわたしたちの姿は見えなくなっている。まわりの空虚さをかき乱すわたしたちのことばに、あなたはなんの意味も見出せない。

それでも、わたしたちはここにいる。まだここにいる。あなたを支えたくて胸が締めつけられています。

わたしたちはいつもあなたを愛しています。

あなたは、ひとりじゃない。

20通目

天国にたどり着く

一九七〇年代の初めに、ノースカロライナ州ウィンストン・セーラムにあるウェイク・フォレスト大学から講演を頼まれました。そこは、人種差別を撤廃してまだ日の浅い学校でした。

行ってみたい、わたしは夫にそう話しました。建築家の夫は大口の契約を結んだばかりで同行できなかったので、ニューヨークにいる親友ドリー・マクファーソン［訳注：のちにウェイク・フォレスト大学初の常勤の黒人女性教職員になる］とワシントンDCで落ち合い、ふたりで南部へ向かうことになりました。

講演は好評で、大学の建物を出るまえに学生たちが集まってきて、いっしょに話しませんかと誘われました。

わたしとドリーが学生ラウンジに行くと、すべてのソファ、椅子、スツール、床のクッションに学生たちがいました。けれども、黒人の学生はあからさまに疎外され、前列にかたまって坐っていました。

みんな躊躇(ちゅうちょ)なくわたしに質問してきました。ある白人男子学生は「ぼくは一九歳です。もうすぐ大人の男になるけど、厳密にはまだ子ども(ボーイ)です。だけどあの彼は――」と黒人学生を指さして、「同い年なのに、ぼくに『ボーイ』と呼ばれると怒ります。どうしてですか?」と言いました。〔訳注:「ボーイ」は黒人男性に対する差別用語〕

わたしはその黒人学生に手を振った。「そこに本人がいるんだから、訊いてみたらどう?」

ある黒人女子学生は「わたしはいい高校に行って、卒業生総代も務めました。英語も上手に話せる。なのにどうして彼らは――」と、白人学生たちを顎で指しました。「わたしにもわからないような、きつい訛りで話しかけなきゃいけないと思ってるんですか?」

彼女に、たとえばどんなふうに話しかけられるのかと訊くと、こう答えました。「こんな感じです。『ヘイみんな、調子はどう?(ハウ・ヨール・ドゥーイン) みんな元気?(ヨール・オーケイ)』」あまりにも大げさな南部訛りに、みんなが笑いました。

わたしは言いました。「相手はあそこにいるでしょ。直接訊いてみたら?」

彼らが互いに話しはじめるのを見て、わたしは自分が架け橋になっていることに気づきました。学生たちの両親は、黒人と白人が対等に話せることばを持たなかった。でも新しい世代の彼らは、対話の方法を生み出しています。その日、わたしは夜中まで学生たちと坐って、どんどん話し合いなさいと彼らを励まし、うながし、駆りたてました。

とうとう疲れ果てて立ち上がると、ウェイク・フォレスト大学のトム・マリン学部長が近づいてきて、提案してくれました。「ドクター・アンジェロウ、もし引退したくなったら、ウェイク・フォレスト大学にお迎えしますよ。喜んであなたの席をご用意しましょう」それには丁重にお礼を言ったけれど、心のなかでは、この先南部に住むことなどぜったいないと思っていました。

翌朝早く、ドリーとわたしは空港まで送ってもらい、カフェで朝食をとることにしましたが、席に案内されて注文したのに、三〇分以上もほったらかしにされました。店内を見まわすと、黒人客は自分たちだけでした。

わたしはドリーに言いました。「ねえシスター、牢屋に入る覚悟をして。わたしたちに食事を出さないつもりなら、この店をひっくり返してやるから」

ドリーは穏やかに「わかったわ、シスター」と返しました。

わたしはひょろっとした若い白人女性のウェイトレスを呼びつけました。「こちらの友人はチーズオムレツを、わたしはベーコンエッグを注文したの。三〇分もまえに。客扱いしないつもりならそう言って。そして警察を呼びなさい」

若いウェイトレスはたちまち気遣いを見せ、柔らかなノースカロライナ訛りで答えました。「お客様、ちがうんです。シェフがトウモロコシ粥（グリッツ）を切らしてしまって。グリッツ抜きの朝食はお出しできませんから。ご覧のとおり、こちら側のお客様の半分はまだ召し上がってません。あと一〇分もすれば準備ができるので、お出ししますね」

それを聞いたわたしは、史上最低のまぬけになった気がして、顔も首も熱くなりながら、しどろもどろにウェイトレスに謝りました。ドリーは自制心を発揮して、わたしの愚かさに言及しないでくれました。そのあと、どっしりとした家としっかりとした夫のもとに帰り、大学や学生や学部長の申し出についてみんなに話しましたが、空港での事件については触れませんでした。

夫はポール・デュフといい、建築家、作家、イングランドで有名な漫画家でした。わたしたちは出会って二日で恋に落ち、人生をともに歩みたいと思いました。

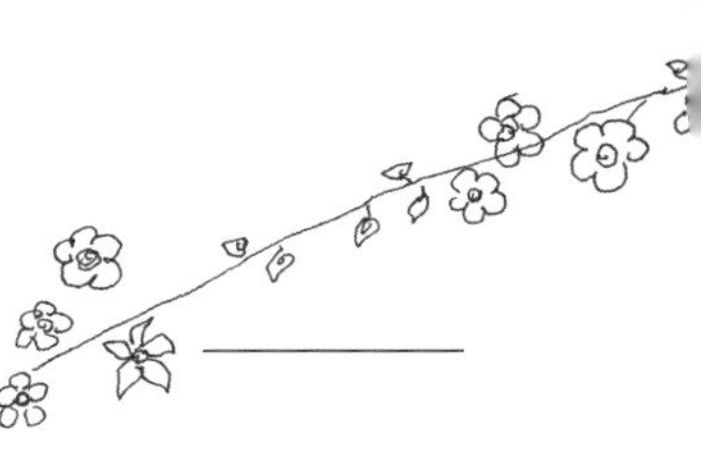

[訳注：著者は二〇代前半に一度結婚と離婚を経験。ポールとは一九七三年に結婚]

それから一〇年間、互いに相手を驚かせ、笑わせ、怒らせ、支え合いました。でも、そんな晴れ渡った愛の日々に、突然嵐の黒雲が雷鳴をとどろかせました。わたしの疑念に苛立った夫は、一夫一妻制に疲れた、人生にはもっと刺激が必要だと白状したのです。

わたしが講演会で全米をまわりはじめるタイミングで、わたしたちは別れました。北カリフォルニアを拠点とする建築家だった夫には、サンフランシスコの橋と丘、美食家のレストランと美しい湾の眺めをプレゼントすることにしました。ほかのあらゆる通過儀礼と同じように、人は離婚すると、新しい景色や生活のリズム、顔、場所、そしてときに新しい人種に出会います。

わたしは全米での講演会を無事終えるあいだ、身を落ち着ける安全で穏やかな場所を探していました。作家だから、イエローパッド、ボールペン、ランダムハウス英語辞典、ロジェ類語辞典、欽定訳聖書、それにトランプひと組と美味しいシェリー酒ひと壜があれば、どこででも書けるはずでした。

コロラド州デンバーは美しいところですが、空気が冷たすぎました。黒人、ラテン系アメリカ人、ネイティブアメリカンも住んではいるけれど、町自体に人種差別が残っていた。テネシー州チャタヌーガも検討してみたけれど、住民の大半はいまも南北戦争から抜け出せず、南部連合支持者としてさかんに活動していました。

ほかの町はどこも大きすぎるか、小さくて偏狭すぎました。そんななか、わたしの望むものがすべてそろっているように見えたのは、マサチューセッツ州ケンブリッジです。そこには、歴史、大学、人種の交わり、すばらしい書店、教会、土曜の夜にパーティをする場所もたくさんありました。ケンブリッジに匹敵するのは、同じ条件がそろったノースカロライナ州ウィンストン・セーラムだけ。どちらの町も二回ずつ訪ねました。

ついにケンブリッジをあきらめたのは、わたしが優雅に雪遊びなどできない南部の女だったからです。そう、ケンブリッジには毎年、わたしにとって快適とは言えない量の雪が降るの。

そういうわけで、ウィンストン・セーラムに落ち着くと、学部長のエド・ウィルソン博士と、一〇年前に声をかけてくれたトム・マリン博士がやってきて、レイノルズ基金による終身教授職を提供してくれました。わたしはふたりに感謝し、試しに一年お引き受けして、教えることやウィンストン・セーラムが本当に好きになれるかどうかを確かめさせてくださいと答えました。

ところが、教えはじめて三カ月もたたないうちに、意外すぎる新事実がわかりました――わたしは教えることもできる作家ではなく、書くこともできる教師だったのです。

まえに何度かノースカロライナ州に来た折に、英文学科長のエリザベス・フィリップスやほかの教職員と親しくなっていました。それで、ディナーやランチをともにして、ある日、かねてわたしを悩ませていた疑問を彼らにぶつけてみました。どうやって人種隔離政策を受け入れたのか、知る必要があったのです。黒人は白人に劣ると彼らは本気で信じているのかしら。黒人は生まれつき伝染病を持っているから、バスで隣の席に坐るのは危険だと思うのかしら。であれば、なぜ黒人に料理をつくらせたり、自分の赤ん坊に授乳させたりできるのかしら?

新しい同僚たちは、率直に、誠実に、当惑したり後悔したりしながら答えてくれました。それを聞いて、わたしは励まされました。「本当に、考えたこともなかったわ。これまでずっとそうだったし、これからも変わらないように思えた」、「考えたことはたしかにあるけど、自分に何かが変えられるとは思わなかった」、「黒人の若者がグリーンズボロの安物雑貨店のカウンターで坐りこみをしたときには、彼らをじつに誇りに思ったよ。自分も黒人になって参加したいと思ったのを憶えてる」〔訳注：一九六〇年、ノースカロライナ州では多くの学生が人種差別撤廃を求め、店などで坐りこみをした〕

わたしは同僚たちの無力感を理解せざるをえませんでした。そしてまた、彼らの答えを聞いて「あらゆる美徳のなかで勇気がもっとも大事だ」というわたしの信念は、さらに強くなりました。人種隔離政策の時代に生きる白人だったら、わたしも易きに流れていただろうから。

ウィンストン・セーラムに住まいを移してから、心の傷は癒えはじめました。風景は起伏に富み、ハナミズキ、アメリカハナズオウ、サルスベリの木々、樹高一八〇センチのシャクナゲが花盛りでした。幅一二〇センチある色とりどりのアザレアも自生し、あたり一面に見事な景色が広がっていました。

ピードモント高原にあるウィンストン・セーラムは、文字どおり山の麓（ふもと）に位置していて、見上げれば、グレート・スモーキー山脈とブルーリッジ山脈がそびえています。つまり、自負心の塊のようなバージニア州とサウスカロライナ州に見おろされているのです。わたしは「ノースカロライナは謙虚の谷」という地元民のジョークが気に入っています。

うれしかったのは、すてきな美術館や、すばらしい教会とそれにぴったりの聖歌隊がいくつも見つかったことです。一流の芸術学校もあり、ブロードウェイの劇の主役や、ニューヨーク交響楽団のバイオリン主席奏者を輩出していました。わたしは地元の人たちの柔らかく歌うようなアクセントと、独創的な英語の表現に惚れこみました。

あるときスーパーのレジ係に、ウィンストン・セーラムは気に入りましたかと訊かれ、こう答えました。「気に入ったわ。でも夏はものすごく暑いんでしょ？耐えられるかしら」

すると、彼女はレジを打つテンポを落とさずに答えました。「そうですね、ドクター・アンジェロウ。でも暑さは消えてなくなる（イット・ゴーン・ゲット・ゴーン）んで」

わたしはすぐれた聖歌隊と献身的な牧師がいるシオンの丘バプテスト教会に出会い、そこにかようようになりました。近くには大病院もあります。同僚のひとりはアメリカの詩人エミリー・ディキンソンを、別のひとりは一八〜一九世紀のヨーロッパの詩を専門に研究していました。おかげで、わたしには詩に関する議論という大好きな活動をする友だちまでできたのです。

ウィンストン・セーラムにも課題がないわけではありません。笑顔の裏に激しい人種差別が隠れていることもあるし、いまだに仲間内で、女性など便利でかわいいだけの存在だと語る人たちもいますから。でも、他界した友人で作家のジョン・O・キレンズは、かつてわたしにこう言った。「ジョージア州メイコンは、地図の下のほうの南部。ニューヨーク市は上のほうの南部だ」

どこに住むことを選んでも、愚かな無知は存在するってことです。

一九世紀後半から二〇世紀にかけて活躍した偉大なアフリカ系アメリカ人の詩人、アン・スペンサーはご存じ？　彼女はバージニア州が大好きで、イギリスの詩人ロバート・ブラウニングを敬愛していました。それで「生涯かわいそうだったブラウニング……」という詩を書きました。その中に、

〝天国というならバージニア。ことに春の季節は〟

という一節があります。たしかに春のバージニアは天国でしょう。

でも、春のノースカロライナ、とりわけウィンストン・セーラムも天国です。

21 通目

ちがう道を選ぶ

過去四〇年間で、わたしたちアメリカ国民の精神は衰え、自然と湧いてきた喜びは萎え、国民が抱く期待も減ってしまいました。明るい明日を望んでいるなどと告白すれば、ふんと鼻で笑われる覚悟が必要なほど、未来への希望はしぼんだのです。

わたしたちは、こんな孤独な場所にどうやってたどり着いたのでしょう。低俗な罵りと醜い憶測で国の風景を蝕む人たちに、高いモラルで立ち向かう情熱はいつ失われたのでしょう。

かつて、ひとつの人種を抹殺しかけたアーリア人の脅威に対峙してヨーロッパで戦争をしたのは、わたしたちと同じ人々ではなかったの?

わたしたちはよりよい世界をつくるために働き、祈り、計画したのではなかったの?

法制化された人種差別をこの国から消し去ろうと奮闘し、デモ行進し、牢獄に入ったのは、わたしたち市民ではなかったの？

本物の自由が根づき、気高さを追求する国を夢見たはずではなかったの？

この国を導こうとする男女は、導かれる側の真の願いに気づくべきです。わたしたちは憎しみの燃えさかる建物や、不寛容のはびこる制度に連れていかれることなど望んでいません。

政治家は目標を高く設定しなければなりません。そうしてはじめて国民は、それぞれが支持する民主党、共和党、無所属のリーダーについていくのです。見るも不快な泥沼に沈みつづける政治家には、誰もついていかないと覚悟すべきです。

下劣さを許容すれば未来は揺らぎ、無知の重荷がのしかかるでしょう。でも、ちがう道を選ぶことはできるはずです。わたしたちには、自分が使う時間と場所に責任を負いながら、勇気を持って未来と向き合う頭脳と心がありますから。

先祖を敬い子孫を思いやるために、わたしたちは礼儀正しく勇敢で、善意あるアメリカ人であることを証明しなければなりません。

いますぐに。

22 通目

南部の魅力

何世代もその地を離れ、何十年も忘れていたとしても、「南部」と聞いたとたん、わたしにははるか昔の痛みと喜びの思い出がよみがえります。

二〇世紀の変わり目に、多くのアフリカ系アメリカ人が抑圧と偏見と制限の残る南部の町を去り、北部のシカゴやニューヨーク、西部のロサンジェルスやサンディエゴに移り住みました。よりよい生活、平等、公正な扱い、古きよきアメリカの最上級の自由といった、うっとりする約束に引き寄せられて。

けれどもその期待は、満たされたと思うが早いか、地面に叩きつけられて粉々になり、あとには失望だけが残りました。

期待が満たされた気がしたのは、単調でつらい小作労働から、組合契約に守られたほかの仕事に移るチャンスがあったからです。でも悲しいことに、ここ三〇年でそうした仕事は減っています。産業がコンピュータ化されて、外国で作業ができるようになったためです。

移住先には人種的偏見などないと思っていたのに、そこには南部とはちがう差別、場合によってはいっそう屈辱的な差別があることもわかりました。

高い技術と完全な学歴を持つわずかな黒人だけが、成功に至る梯子(はしご)を見つけてしがみつく一方、技術も教育もない黒人労働者は、消化できないたくさんのスイカの種のように、社会制度から吐き捨てられたのでした。

彼らは自分たちの人生も、人としての存在意義も、取るに足らないちっぽけなものなのだと気づきはじめました。二〇世紀初頭の移住者の多くは、南部の率直さを懐かしく思ったことでしょう。黒人への憎悪を燃やす人に殺してやりたいと思われていたとしても、少なくとも南部では生きた人間だと認められていましたから。それに対して北部の白人ときたら、表向きは笑顔で黒人を受け入れているように見えて、じつは完全に拒否している。そんな現実を知った移住者たちは疲れ、怒りを覚えたにちがいありません。

それでも、彼らは大都市のあばら家にとどまりました。小さな安アパートに押し寄せ、荒れ果てた通りになだれこんだのです。そこはすぐに犯罪の温床になりました。彼らは子どもを育て、毎年夏になると祖父母、いとこや、そのまたいとこ、親戚の大家族のいる南部へ子どもたちを送り出しました。おかげで、子ども

たちは北部の大都市で育ちながら、その心には、魚のフライ、土曜のバーベキュー、穏やかな養育法といった、もはや廃(すた)れてしまった南部の夏の思い出が残ることになりました。いま南部に戻っているのはこういう人たちです。南部の親戚がすでに他界していたり、デトロイトやクリーブランドに移り住んでいることもよくあるのに、それでも彼らはアトランタで生活しはじめています――「みんな(ヨール)暑いアトランタは好き?(ライク・ホット・ランタ)」ニューオーリンズに移る人たちもいて、歴史ある町を「ノーリンズ」とたちまち南部人らしく呼んだりしています。

　彼らが南部に戻るのは、先祖の地に居場所を見つけたりつくったりするため、何十年もまえに先祖が去った木々の陰で、友だちをつくるためです。すると多くの人は、理由はうまく説明できなくても、幸せだと気づくのです。

　自分がおおむね尊重されていると感じるからではないか、とわたしは思っています。寛大で甘美な愛から無慈悲で激しい憎悪まで、南部のイメージは多岐にわたりますが、南部は心が狭いとか無関心だと言われる筋合いはありません。「なかに入れば、わたしのことが好きな人も嫌いな人もいるでしょう。でもみんな、わたしがここにいることは知ってる」ちっぽけなアーカンソー州スタンプスでさえ、黒人はこんな雰囲気を漂わせて歩くのですから。

23 通目

生きて、また生きる

失望の風が
わたしの夢の家を地面に叩きつけ
怒りが蛸のような触手をわたしの魂に巻きつけると
わたしはただ立ち止まる。その場に止まり
わたしを癒してくれる
ひとつのものを探す。
記憶のなかにある
子どもの顔
どんな子の顔でも
欲しかったおもちゃを見るその顔には
愛おしい驚きがある
子どもの顔

その目には希望と期待が満ちている

若く無邪気な愛おしい顔を
見つめていると気づいた瞬間、
わたしは闇と絶望から離れ、希望あふれる喜びの地に迎えられる。

真の愛を探すたびに
地獄の門にたどり着く
そこでは悪魔が両手を広げて待っている
わたしは女友だちの笑い声を思い出す
身を切る風に吹かれる魔除けの飾りのように
その声はチリンチリンと響く
わたしは幸せな男たちのたくましい大笑いを思い出す
すると足はあわてず、目的を持って
不気味に開いた門を抜けて進む
悲しみの魔の手が及ばない安全な場所へ

わたしは家を建てる人
うまく建てたときもあるけれど、
土地を調べずに建ててしまうことも多かった
そんな土地に
美しい家を建て
一年間住んだ
やがて家はゆっくりと漂いはじめた
流砂の上に
基礎を築いていたから

大邸宅も建てた
窓という窓は
鏡のように輝き
壁という壁には
豪華なタペストリーが飾られた、けれど

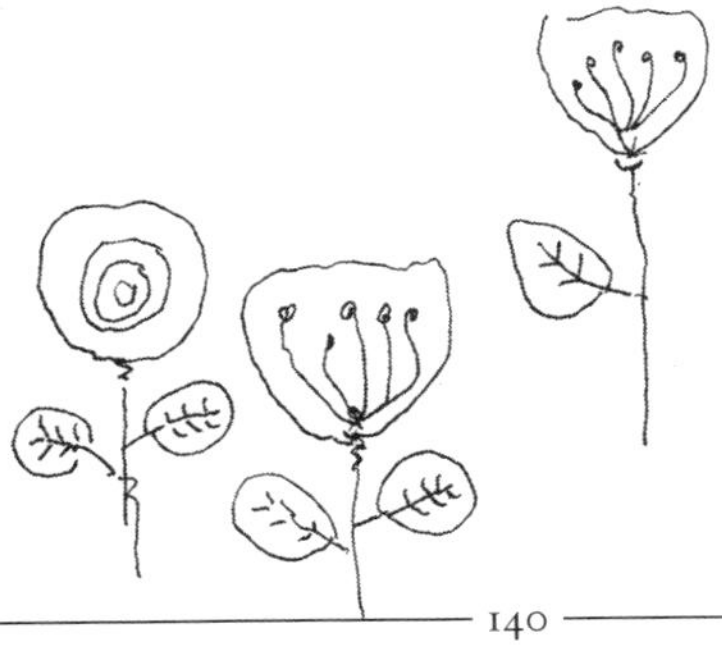

地面がわずかに震えると、
壁は崩れ、床は割れ、
城はわたしの足元に散らばる瓦礫(がれき)になった

ことあるごとに揺れる感情とはかない建物は
死にゆく愛に似ている。

プラトニックな友愛と
子どもへの家族愛があれば
傷んだ魂を励まし
傷ついた精神を癒すことが
かならずできるとわかっていた
官能をかき立てる恋愛に
もう用はなかった。

なのに……

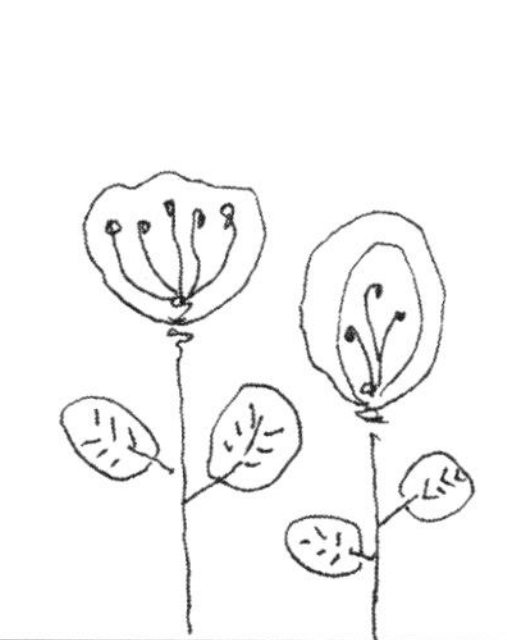

24通目

老いたる恋人たちへ

六五歳の女友だちが、このほど五二歳の男性と結婚しました。式に出席した多くの人は不賛成の固い表情でした。彼はあんな女性と結婚して何がしたいのだろう？　ふつうに三、四歳年下の女性はいなかったのか？　彼女も彼女で、結婚してどうするつもりなのか。一〇年後には骨粗鬆症で背中が曲がるだろうし、関節炎で手の形も崩れるだろう。もっと若いころ相手を見つけられなかったのだから、もうあきらめて、老いと孤独に身をまかせたらどうか……。

さて、わたしはどう思ったか？　そのとき、こう言いました。「恋人たちを讃えます。恋人たちに励まされます。ふたりの勇気に元気づけられ、その情熱に刺激を受けていきます」

わたしが来たのは愛について話すため
山あり谷ありの愛の

震えと怖れとときめきを伝えるため
わたしが来たのは愛を愛してると言うため
愛を愛せることが好き
思いきって人を愛する人の
勇敢でたくましい心が
本当に好き。
今日、この恋人たちは
臆病の枷（かせ）を解き
まえに踏み出して
全世界にこう告げる
「家族も友だちも、わたしたちを見て
わたしたちの体に刻みつけられた歳月も
わたしたちの魂を焦がした
過ぎし日の裏切りの数々も
何ひとつ否定せずに。
こんな誓いは

もっと若い心に譲ればいいと思うかもしれない
でも愛は
結婚という聖なる国へ果敢に入る
勇気をくれた、だからわたしたちはしわを隠さない
堂々とありのままでいる
年月の重さを
この老骨は知っている。
それでもわたしたちは
孤独に抗い
幸せな結婚がもたらす
希望あふれる交流を受け入れる。
わたしたちは立ち向かい、希望を抱く」

ふたりは愛に祝福され、彼らの愛の光を浴びるわたしたち一人ひとりも豊かに
なるでしょう。
ありがとう、恋する者たち。

25通目

卒業式のスピーチ

さあ、仕事が始まる
さあ、喜びが始まる
退屈な勉強と
胸躍る学びの
長年の成果がついに明らかになるのです。

まじり合ったことばや
からみ合ったすばらしいアイデアや小さなアイデアが
形を成しはじめるでしょう
今朝
あなたたちの未来の壮大な計画の
わずかな一部が垣間見えるでしょう。

勉学に専念した時間、
両親の期待、
講師の苦労
それらすべてがあって
あなたはこの瞬間を手にしているのです。

今日のあなたたちは
朝の王女と王子です。
夏の淑女と紳士たちよ
あなたたちはあらゆる美徳のなかで
もっともすばらしいものを見せてくれました
獲得したガウンをまとって
いまここに坐っている皆さんは
文字どおり、または比喩としても
勇気に満ちあふれているのがわかります。

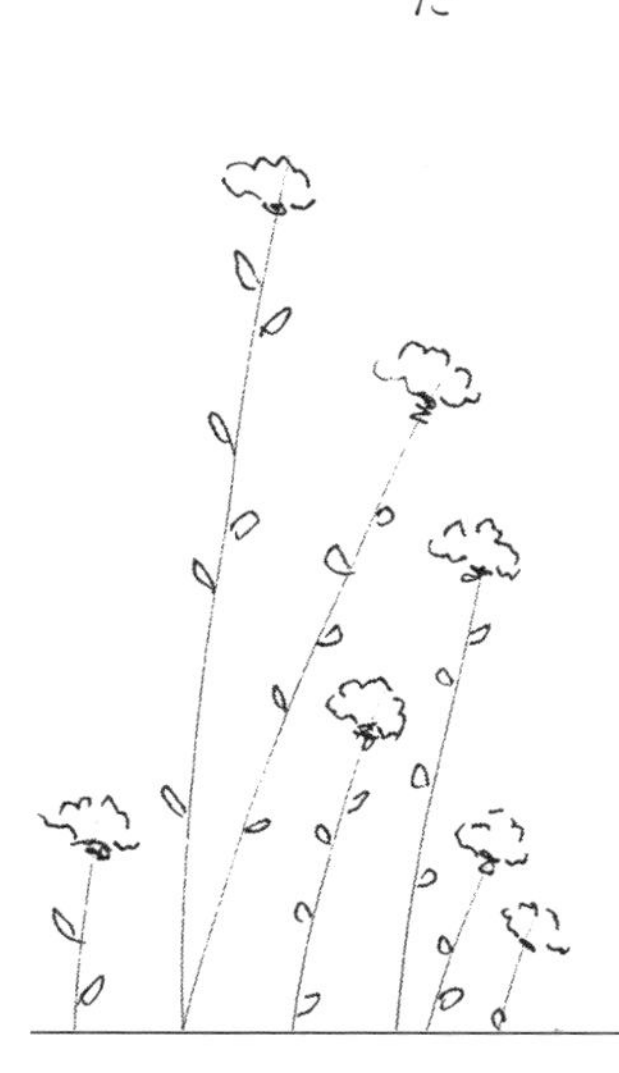

たしかに皆さんは
賢く知的に鋭いかもしれませんが、
この瞬間にたどり着くには
勇気が不可欠でした。
たしかにあなたたちは、

よく言われるように、
特権階級なのかもしれない。つまり
裕福だったり、何かを追い求めずにはいられない性格だったり。
どちらにしても、ずば抜けた勇気を
奮い起こさなければ
この瞬間は生まれませんでした。

あなたたちのあらゆる特質、若さ、
美しさ、機転、思いやり、寛大さのうち、
もっともすぐれた成果は勇気です

それがなければ、ほかのどんな美徳も
貫き通すことはできないのですから。

そのもっとも驚くべき美徳を
生み出すことができるのを
証明したいま、

皆さんは自分に問うているにちがいありません

これで何ができるのだろうと。
でも安心してください、
あなたたちの先輩も、両親も、
あなたの名前を知らない他人も
同じ問いを心に抱いているのです
来年か、これから数年のうちに
今日あなたが坐っている席に坐る、

卒業のガウンと帽子を身につけた後輩たちも、
みずからに問うでしょう
自分には何ができるのだろうと。
こんなアフリカのことわざがあります。

あなたたちの状況にぴったりです。

「泥棒が困るのは、
どうやって首長のラッパを盗むかではない
それをどこで吹くかだ」

この国を、わたしたちの国を
今日よりよいものにするために
働く準備はできていますか？
それこそがなすべき仕事です。
そのためにあなたたちは懸命に努力してきました

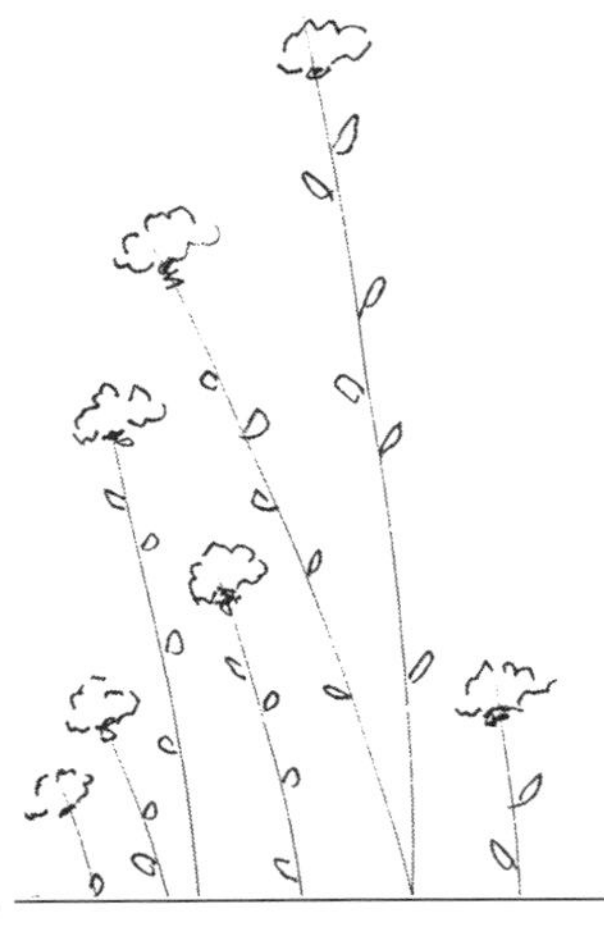

皆さんが労力と時間を捧げ、
両親や政府が学費を払ってきたのは
あなたたちの手で国を、世界を変えるためです。

房のついた帽子の先に目をやれば
不正が見えます。
指先の向こうには
無慈悲があります。
不合理な憎しみ、どん底の悲しみ
身のすくむ孤独があります。
そこにあなたの仕事があるのです。

変化をもたらしましょう
世界に美徳を増やすために
獲得した
この学位を使って。

あなたたちがそれを実行してくれることを
まわりの人たち、あらゆる人たちが
期待しています。

途方もない命令、
計り知れない要求。
でも、あなたたちはへこたれないでしょう。
なぜならすでに勇気を示したことを
知っているから。
憶えておいてください
一人ひとりが善良な目的を持って集まれば
多数派をつくれると。
人生はいちばん大切な贈り物
たった一度しか生きられない
だから無益に無力に歳月をすごしたりせず

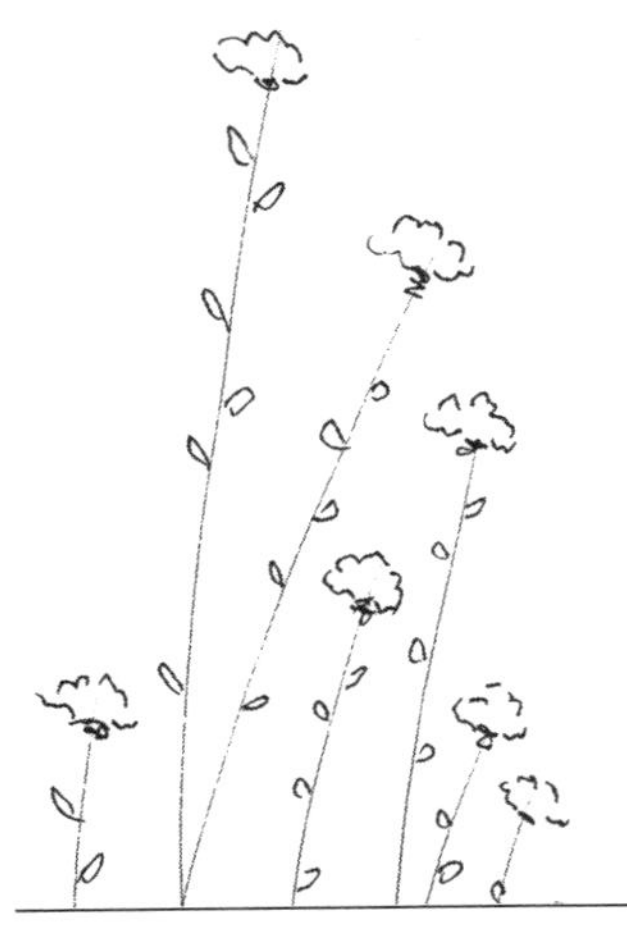

後悔しないように生きてください

あなたたちは驚くでしょう
ひたむきに研究した日々も
猛烈に勉強した夜も
やがて忘れ去られることに。

あなたたちは驚くでしょう
眠れない夜も
何カ月もの不安な日々も
いつしか「古きよき日々」という出来事に変わっていくことに。
たとえ招かれても、そこに戻ることはできません
いまの自分という存在に向き合わなければならないのです。
準備はできています
ここを出て自分たちの世界を変えていきましょう

卒業式へようこそ。
おめでとう。

26通目

誇りある詩

太陽に向かって
両腕を大きく広げ
踊れ！　まわれ！　まわれ！
短い昼間が終わるまで。
色褪せた夕暮れどきに休み……
高く細い一本の木……
夜がそっと訪れる
ぼくのように黒い夜が。

――『ラングストン・ヒューズ詩集』より

アフリカ人や多くのアフリカ系アメリカ人の詩人に共通するテーマがあるとすれば、それは「みんななりたいんじゃないか……ぼくみたいな黒人に？」に決ま

りです。黒人の詩人は自分の肌の色を満喫し、掌だけピンクの黒い両手をどっぷりと黒に浸して、儀式めいた態度で先祖伝来の色に染まります。

彼らの作品が誇りに満ちていることに、ヨーロッパの読者は仰天するでしょうね。どこをどうすれば、押しつけられた不名誉から讃美をひねり出せるのだろう？　どうして暴虐の囚われ人が陶酔を引き出せるのか？　社会から拒絶されてきたのに、どんな自尊心が持てるというのか？

仏領マルティニーク島の詩人で、ネグリチュード［訳注：一九三〇年代に展開された、黒人性に目覚め黒人文化を称える運動］の提唱者エメ・セゼールは、アフリカ人についてこんな詩を書いています。

火薬も羅針盤も発明しなかった者たち
蒸気も電気も征服するすべを知らなかった者たち
海も空も探検しなかった者たち
でも彼らがいなければ大地は大地ではない……
ぼくの黒人性（ネグリチュード）は石ではない、
昼間の喧騒に投げつけられる無音の石などでは。

ぼくの黒人性は
大地の死んだ目に浮かぶ一滴の死んだ水ではない、
ぼくの黒人性は鐘楼(しょうろう)でも大聖堂でもない……
それはまっすぐな忍耐でもって
ぼんやりした落胆に穴を穿(うが)つ。

——『帰郷ノート』より

セゼールの精神は、アメリカの黒人詩人メルビン・B・トルソンにも通じます。

今日この地で
われわれ黒人に言える者はいない——
おまえらは立身出世の物語で貧乏人をだまし
働き手に空(から)の食事バケツを押しつける、と。
今日この地で
われわれ黒人に言える者はいない——
おまえらは炎を吐く戦車を

ハエの群れのように送りつけ、
爆発する空から地獄を地上に落とす。
そしてマシンガンで破壊された町を腐った死体で満たす
不毛な地では子どもがパンを求めて泣き叫ぶ。

——『ニグロ・キャラバン』より

同じくアメリカの黒人詩人マリ・エバンスは、アフリカ系アメリカ人に心を寄せました。なかでも「わたしは黒人女性」という詩は女性を励ましてくれます。

わたしは
黒人女性
イトスギみたいに背が高く
あらゆる定義を超えて
たくましい
いまも場所と
時と

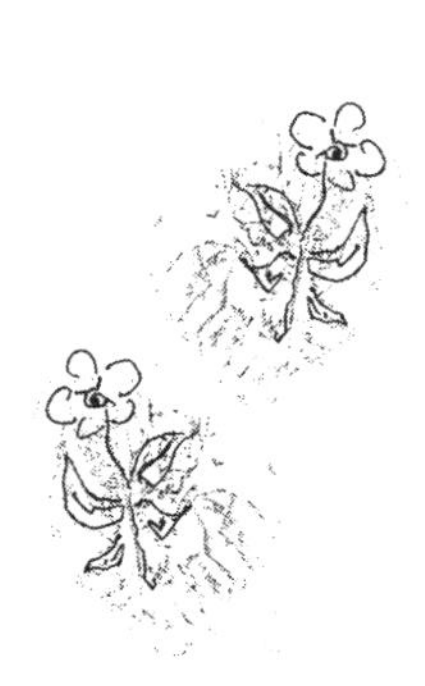

状況に逆らっている
襲われても
動じない
壊れない
わたしを
見て
自分を取り戻して

——『わたしは黒人女性』より

ネグリチュード派の詩人たちが黒人への弾圧を詩にしたのは、ハーレム・ルネサンス［訳注：一九二〇〜三〇年代にニューヨークのハーレムで花開いた黒人の文化運動］の作家たちの影響を受けたからです。アメリカの黒人詩人は自分たちの黒人性を世に広め、黒い肌の色を旗印のように掲げ、白人の文学界に乗りこんだのです。ラングストン・ヒューズは『ぼくは川を知っている』のなかで、肌の色に誇りを持て、とアメリカの黒人たちを激励しました。その態度は反響を呼び、フランス領やイギリス領に住むアフリカ人たちにまで届きました。

スターリング・A・ブラウンの詩「強い男たち」も、アフリカの詩人たちの創作活動に貢献したにちがいありません。

彼らは祖国からきみたちを盗んだ
枷にはめたきみたちを運び
売った
きみたちに鞭を打ち
焼印を押した
きみたちの女性を孕（はら）ませ
父なき子の数をふくれ上がらせた
きみは歌った。「ともに一インチずつ進もう、哀れなシャクトリムシ（インチワーム）のように」
きみは歌った。「子どもたちよ、ともに歩こう……疲れてはいけない」
強い男たちは進みつづける

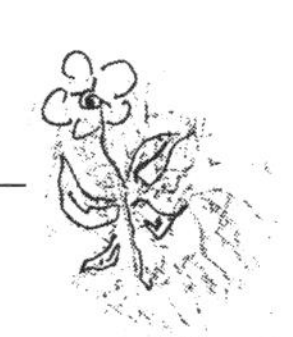

強い男たちはさらに強くなる。

——『ニグロ・キャラバン』より

このブラウンの詩と、クロード・マッケイ［訳注：ジャマイカ系アメリカ人の詩人、作家］の「白い家」と、カウンティ・カレン［訳注：アメリカの詩人］の「遺産」は、植民地のアフリカ人詩人を導く光となりました。

カリブ海地域とアフリカ大陸のアフリカ人には、アメリカの同胞との共通点がたくさんあったものの、彼らの創作活動は厄介でした。植民地支配に反対する詩を、植民地の言語で書かなければならなかったから、言い換えれば、敵の力を弱めるために敵の大砲を使わなければならなかったからです。それでも彼らは果敢に前進した。その雄弁さと情熱で、敵を味方に引き入れたいと願いながら。

その願いがいまも生きていることは、ラングストン・ヒューズの詩「ぼくもまた、アメリカを歌う」を読めばわかるでしょう。

ぼくもまた、アメリカを歌う。

ぼくは肌の黒い兄弟だ。
彼らは仲間が来ると、
ぼくに台所で食事をさせる
でもぼくは笑い、
たくさん食べて、
強くなる。

明日は、
仲間が来るとき
ぼくもテーブルにつけるだろう。
誰もぼくに
言ったりしない、
「台所で食べろ」なんて
明日こそは。

それに、

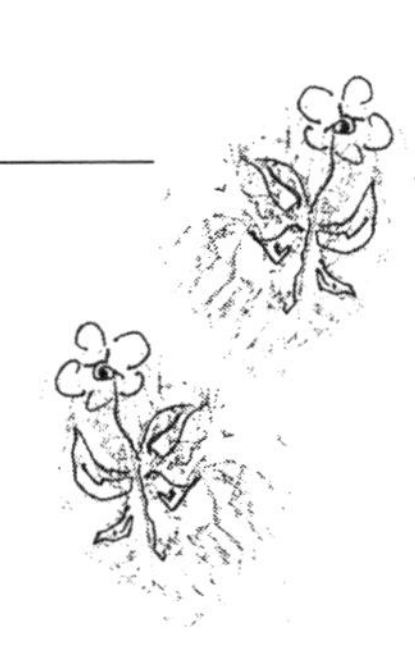

彼らはぼくがどんなに美しいか知って
恥じ入るだろう――
ぼくもまた、アメリカなんだ。

――『ラングストン・ヒューズ詩集』より

27 通目

神が愛してくれるなら

かつてサンフランシスコで、世慣れたわたしは不可知論者〔訳注：神の存在も非存在も人知では認識できないと考える人〕の立場をとっていました。神を信じるのをやめたわけではないけれど、出入りする場所の近くに神はいないように思えたからです。

そのころ、ボイストレーニングの先生が、ハーネット・エミリー・キャディの『真実のレッスン』という本を紹介してくれました。

ボイストレーナーのフレデリック・ウィルカーソンは、オペラ歌手からナイトクラブの歌手、レコーディング・アーティスト、キャバレーのエンターテイナーまで、たくさんの生徒を教えていました。そして月に一度、生徒全員を集めて、『真実のレッスン』を読む会を開いていたのです。

ある日の会で、ほかの生徒（全員白人）と先生とわたしが輪になって坐ると、先生はわたしに、ここを読んでごらんと言いました。それは「神はわたしを愛している」で終わる一節でした。わたしは読み、本を閉じました。すると先生が「もう一度読んで」と言うのです。わたしは当てつけがましく本を開き、ちょっと皮肉っぽく「神はわたしを愛している」と読みました。そしたらウィルカーソン先生は「もう一度」と言った。からかわれているの？　全員が歌のプロで、年上で、白人の一団だから嘲笑されるの？　そう思いました。

　でも七回ほど読んだとき、なんだか自信が揺らいできて、この一節にも真実が含まれている気がしてきたのです。神が本当にわたしを、マヤ・アンジェロウを愛してくださっている可能性はある。その重大さと壮大さを感じたわたしは、突然泣きだしました。

　本当に神が愛してくれるなら、すばらしいことができる。偉大なことに挑戦し、どんなことでも学び、達成できる。誰もわたしの邪魔はできない。一人ひとりが神とともにあれば、それで多数派をつくれるのだから。

　この思いはいまもわたしを謙虚にさせ、わたしの骨を溶かし、耳を閉ざし、歯をぐらぐらにします。そして、わたしを自由にしてくれます。

　わたしは翼を広げて高い山々を越え、静謐（せいひつ）な谷へとおりていく大きな鳥。

　わたしは銀色の海に立ったさざ波。

これから大きく成長する期待に打ち震える春の若葉。

感謝すべきことに、わたしはいまノースカロライナ州ウィンストン・セーラムにある、シオンの丘バプテスト教会の正式な信徒です。また、ワシントンDCのメトロポリタン・バプテスト教会の準会員で、カリフォルニア州サンフランシスコのグライド・メモリアル・メソジスト教会の現会員でもあります。

わたしはこれらの教会にできるだけ通い、自分がしたこと、し残したことのすべてについて責任を負おうと努力しています。いずれは神の御前（みまえ）に呼ばれ、自分の人生の責任をとらなければならないでしょう。そのとき、不充分な点があると言われないようにしたいのです。

28通目

どこまでも

七〇代になってもなお、びっくりすることはたくさんあります。たとえば、わたしのところに歩いてきて、こちらが尋ねもしないのに、自分はキリスト教徒ですと言ってくる人たちには驚かされるし、少々戸惑います。そんな方々には、まず訊きたい。「もう?」と。キリスト教徒になるのは生涯をかけた取り組みだと思うからです。

仏教徒、イスラム教徒、ユダヤ教徒、ジャイナ教徒、道教徒になりたい人も同じでしょう。信仰にしたがって生きようとしている人たちは、至福の状態というものはひとりでには訪れず、永遠にも続かないことを知っています。神と自分の魂が交わる瞬間は、信仰を追い求める行為のなかにしかないのです。

一九二九年からの大恐慌を生き延びるのは、誰にとってもたやすくありませんでした。とりわけ、体の不自由な成人の息子の世話をし、ふたりの小さな孫を育

てる、アメリカ南部のある黒人女性にとっては。

　わたしたちは祖母を「マンマ」と呼んでいました。彼女についての最初の記憶は、長身でシナモン色の肌をした、低く柔らかい声の女性が、はるか上空に立っている一瞬の姿です。その下には何も見えませんでした。

　マンマは困難に直面するといつも背中で両手を組み、意志の力で天国に行けるとでもいうように上を見て、一八〇センチの長身をすっと伸ばしていました。そして世界に、とくに家族に向かってこう言った。「必要なものをどう探すのかはわからんけど、神のみことばどおり踏み出すよ。わたしは真のキリスト教徒になろうとしてるんだ。神のみことばどおり踏み出すよ」

　そのとたんにマンマが宇宙に飛びこむのが見えました。彼女の足元には月、頭上には星があり、両肩のまわりを彗星(すいせい)がくるくるとまわっている。神のみことばの上に立っているマンマは天国の巨人で、彼女が強いことは、わたしにもたやすくわかりました。だって、神のみことばに足元を支えられているのですから。

　何年ものち、わたしは祖母を想ってゴスペル・ソングを書きました。その歌はいまでも、ミシシッピ州ゴスペル合唱団によって高らかに歌い継がれています。

この腕に寄りかかりなさいとあなたは言った
わたしは寄りかかっている
この愛を信じなさいとあなたは言った
わたしは信じている
この名を呼びなさいとあなたは言った
わたしは呼んでいる
あなたのみことばにしたがって踏み出している

神の存在を疑いはじめたときにはいつも、わたしは空を見上げてきました。するとたしかにあそこ、そう太陽と月のあいだに祖母が立っていて、嘆きとも子守唄ともつかない讃美歌を歌っているのです。

わたしにはわかる。信仰とは目に見えないものが存在する証だと。

あとはただ、キリスト教徒になろうと努力しつづけるだけです。

28 通目　どこまでも

訳者
白浦 灯 Shiroura Akari
翻訳家。ミステリ、古典文学、ノンフィクションなど多彩なジャンルの翻訳を手がける。

娘たちへの手紙

豊かに生きるための知恵と愛

2023年 7月12日　初版第1刷発行

著者
マヤ・アンジェロウ
訳者
しろうら あかり
白浦 灯
編集協力
藤井久美子
装幀
Y&y
印刷
中央精版印刷株式会社
発行所
有限会社海と月社
〒180-0003　東京都武蔵野市吉祥寺南町2-25-14-105
電話0422-26-9031　FAX0422-26-9032
http://www.umitotsuki.co.jp

定価はカバーに表示してあります。
乱丁本・落丁本はお取り替えいたします。

ISBN978-4-903212-81-4

弊社刊行物等の最新情報は以下で随時お知らせしています。
ツイッター　@umitotsuki
フェイスブック　www.facebook.com/umitotsuki
インスタグラム　@umitotsukisha